「お久しぶりですね、りん君」

一生働きたくない俺が、クラスメイトの大人気アイドルに懐かれたら 4

美少女アイドルたちとの同棲生活が始まるようです

天宮司柚香《てんぐうじ・ゆずか》

岸本和葉

イラスト みわべさくら

「どう？　少しはドキッとした？」

稲葉雪緒《いなば・ゆきお》
カノン／日鳥夏音《ひどり・かのん》
志藤凛太郎《しどう・りんたろう》
レイ／乙咲玲《おとさき・れい》
国民的アイドルと食事会

「これからは、もう少し一緒の時間増えるかな」
「君のお願いなら、なんでも叶えてあげるよ」

一生働きたくない俺が、クラスメイトの大人気アイドルに懐かれたら 4

美少女アイドルたちとの同棲生活が始まるようです

岸本和葉

OVERLAP

CONTENTS

イラスト／みわべさくら

I don't want to work for the rest of my life,
but my classmates' popular idol get familiar with me.

プロローグ

楔

俺の抱える親父《おやじ》との思い出と言えば、正直嫌なものばかりだった。

『今日は三人で夕食を食べられるって言ったじゃない！』

俺の母親が、電話越しに怒鳴る。

綺麗《きれい》な服に着替えてワクワクしながら待っていた俺は、その声を聞いて落胆した。

久しぶりに家族三人で出かけられると思っていた小さな頃の俺の期待が、呆気《あっけ》なく崩れていく。

『もう一年近く帰って来てないっていうのに……！』

『――――――』

『っ……！　分かりました、もういいです。貴方《あなた》がそういう人だってことは分かってますから』

そう吐き捨てた母親は、強引に電話を切る。

俺は不安な気持ちに襲われながら、そんな母親の顔を窺《うかが》った。

『……お母さん、お父さんは来れないの？』

『――うるさい』

『え？』

『あの人もあんたも自分勝手すぎなのよッ！　私はあの人の子育ての道具なんかじゃない！』

彼女は持っていた当時の携帯電話を、床に向かって投げつける。

バキリとどこかが割れる音がして、床に傷をつけた携帯電話が俺の隣を滑っていった。

あまりのショックにその場にいた俺が言葉を失っていると、母親は俺をひと睨《にら》みして家を飛び出す。

今思い返せば、当時の母親にはすでに別の男がいたんだと思う。

家を空けている時間が多くなってきていたし、帰ってきた時には何かプレゼントのような物をもらった様子があった。

その時ばかりは罪悪感もあったのか、普段は面倒臭がってあまりやりたがらない料理をしてくれた記憶がある。

家族仲のことを相談しているうちにとか、どうせ大した理由はないだろうけれど、ともかくあの女は俺と親父を捨てたわけだ。

あの日は確か、貯《た》めていた小遣いを握りしめてコンビニで弁当を買って食べた気がする。

一人で広い家にいるという状況がどこか恐ろしくて、夜はよく眠れなかったことも覚えている。

翌日の朝。

俺が学校へ行くのと入れ違う形で、母親は帰ってきた。

機嫌を直してもらうために「おかえりなさい」という言葉を口にしようとした俺に対して、母親は無機質な目を向けながらこう告げる。

『本当にあなた……あの人にそっくりね』

その言葉は、いまだに俺の中に楔《くさび》として残っていた。

「久しいな、凛太郎《りんたろう》」

そう告げた俺の親父、志藤雄太郎《しどうゆうたろう》は、まるで品定めをするかのような視線を俺に向ける。

「少し、背が伸びたか」

「……それなりにな。あんたとも長いこと会ってなかったから」

「そうだな。――――そこのソファーに座れ」

親父は社長室の、低いテーブルを挟む形で置かれたソファーを示す。

久しぶりに顔を合わせたのに余計な話を挟まないところは、やはりこの男がどこまでも効率を重視しているという証拠になるだろう。

無駄を省くことは基本的にコストを下げたり自由な時間を作るためにすることだと思うが、この男の場合はそうしてできた余裕にまた別の仕事を入れる。

だからこそ、ひい祖父《じい》さんの代から細々と続いていた会社をたった二十年かそこらでここまで大きくすることができたんだ。

「手紙に書かれていた内容はしっかり伝わっているな？」

「ああ。ちゃんちゃらおかしい話だとは思ったけどな」

ソファーに浅く腰掛けた俺の目の前に、親父は座る。

「単刀直入に受けるか、受けないかで聞く。お前に来た見合いの話について」

「……」

親父からの手紙。

そこには、俺に対しての縁談の要求があったことが書かれていた。

相手はこれまた大きな企業の一人娘。

正直、かなり困惑している。

よくあるラブコメ作品で、ヒロインがしたくもないお見合いで困っているところを主人公が助けるという話を見るが、まさかヒロイン側の役目が自分に回ってくるとは思いもしなかった。

「改めて伝えるが、相手は様々なアミューズメント施設を抱えている大企業、〝天宮司《てんぐうじ》グループ〟のご令嬢だ。彼女と婚姻関係を結ぶことができれば、お互いの業務提携もスムーズに行えるようになるだろう。両社共に更なる飛躍を遂げることは間違いない」

「……そのためなら容赦なく息子も使うって？　相変わらず、あんたは会社の利益のためなら言葉の通り〝何でも〟使うんだな」

こういうところが本当に好きになれない。

やっぱりこの男にとっての俺は、血の繋《つな》がった家族なんかじゃなく、取引のための〝品物〟の一つなのだろう。

「俺は、この見合いに応じる気はない。学費や諸々《もろもろ》の費用を払ってもらっていることに関しては感謝しているが、そんな都合のいい存在になるつもりはねぇぞ」

「……そうか、ならば断ればいい」

「――――は？」

何かしら言い争いになると喧嘩《けんか》腰《ごし》でいた俺は、呆気なく引き下がった親父を前にして拍子抜けしてしまった。

この男、人間性に問題があるものの、決して嘘《うそ》だけはつかない。

だから今の言葉も、本心であることだけは分かっていた。

「天宮司グループと密接に繋がることができなかったところで、私の会社にはダメージがない。つまりお前が婚姻関係を結ばなくとも、何の問題もないということだ」

「……じゃあ、何で呼んだんだよ。俺が断ることくらいは分かってただろ？　それなら先に断っとけばこんな風に時間を浪費することもなかったじゃねぇか」

「お前が断るかどうかなど、私には分からん」

――――ああ、そういうことか。

そんなことも分からないくらい、この男と俺の間には距離があるということらしい。

分かっていないのは俺の方だった。

「それに、今日はその天宮司グループのご令嬢が直接ここに来ている。あまりにも顔を合わせて話したいと言うものでな、今は応接室の方で待ってもらっている」

「あの天宮司グループの令嬢が俺なんかに……？」

「本人から聞くところによると、お前とは昔馴染みと言っていた」

昔馴染《むかしなじ》み？

天宮司グループなんて大きな会社の娘と顔を合わせた覚えはない。

疑《うたぐ》り深すぎるかもしれないが、志藤グループと関係を深めるためにエピソードをでっちあげているだけだと思うのだが――。

「ひとまず会ってみろ。それから断ることに関しては私は何も言わん。婚姻すると決めた時だけ連絡しろ。それ以外なら勝手に帰ってもらって構わない」

「……そうかよ」

どうやら俺たちの会話はここで終了らしい。

いそいそと社長室を出た俺を待っていたのは、相変わらずの無表情を浮かべるソフィアさんだった。

「応接室の方へ案内いたします。こちらへどうぞ」

再びエレベーターに乗った俺は、案内されるがままに応接室の扉の前に立たされた。

ソフィアさんは扉をノックし、そのまま開けて中へと入って行く。

俺は大きくため息を吐《つ》きながら、彼女に続く形で中へと足を踏み入れた。

「志藤凛太郎様をお連れいたしました」

「――――ありがとうございます」

そう感謝の言葉を告げたのは、艶のある美しい黒髪の女だった。

純白のワンピースを身に纏《まと》っている彼女はわざわざ立ち上がると、俺に向けて頭を下げる。

「お久しぶり……ですね」

この時までずっと俯《うつむ》いていた俺は、こぼしそうになっていた舌打ちを無理やり嚙《か》み締め、取り繕った笑顔を浮かべて顔を上げた。

「申し訳ありませんが、僕とあなたは初対面……かと……」

「……本当にそうですか?」

俺は一瞬言葉を失った。

初対面だと思い込んでいた彼女の顔には、どこか見覚えがある。

もう十年以上前の記憶――――思い出したくもないあの時間の中に、彼女の顔は存在していた。

「もしかして……ゆずちゃん？」

「よかった、思い出してくれたんですね。改めましてお久しぶりです、りん君」

幼稚園の頃、俺に懐いてよく後ろをついてきた女の子。

母親が出て行ったあの日以来曖昧《あいまい》になっていた記憶が、一瞬の頭痛の後に少しずつ鮮明になっていく。

幼い頃の彼女の顔、そして胸元の名札に書かれていた〝てんぐうじ ゆずか〟という平仮名の名前。

そして、幼い恋のやり取り。

「あの、大丈夫ですか？」

「――――っ、あ、ああ……大丈夫。取り乱してごめん、あまりにも懐かし過ぎて驚いちゃったっていうか」

何とか猫かぶりモードを起動しながら、態度を取り繕う。

そうか、天宮司グループの令嬢とはこの子のことだったか。

今思えば、どこかの企業のパーティーにも彼女の姿があった気がする。

いつの何のパーティーだったか、そこまでは思い出せないけれど。

「改めまして……天宮司柚香《ゆずか》です。この度は再会できたこと、心の底から嬉《うれ》しく思います」

「あ、ああ……どうも」

正直、どういう顔で接していいか分からない。

彼女と会話したのは、それこそ幼稚園以来。

どういう風に接していたかすら思い出せないせいで、顔馴染みなのに初対面の人間と喋《しゃべ》っているような、不思議な感覚に苦しめられていた。

「忙しい中でこうして話し合う時間をいただけたことに関しましては、精一杯の感謝をいたします」

「別に、俺は大して忙しくはなかったよ」

「ご謙遜を。次代の志藤グループを担うはずのあなたが、忙しくないはずがありませんから」


——思わず俺は固まった。


そして、ああそうかと納得する。

彼女は、俺の事情を一切知らない。

もちろん俺が家を出たことは公表されているはずがないし、そもそもそんな評判が下がるような情報は流したくないだろうから、彼女が知らないこと自体は仕方がない話だろう。

仕方がない、のだが。

「私とりん君の婚姻関係が成立すれば、私が受け継ぐ予定の天宮司グループと、あなたの志藤グループ、この二つの会社を合併させ、国内でも指折りの巨大企業にすることすら叶《かな》うでしょう」

天宮司柚香は、一度間を置くためにティーカップに入った紅茶を一口飲む。

「幸い、私たちは過去で将来を誓い合った仲です。お互いの理想のため、ここは一つ私と夫婦になってくださいませんか？」

「────断る」

「ふふっ、そうでしょうとも。互いの将来のため、あなたが受け入れてくれることは分かって……え？」

何を言われたのか分からないと言いたげな顔で、天宮司柚香は俺の顔を見ていた。

「す、すみません……もう一度言っていただけますか？　よく聞き取れなかったので……」

「だから、断るって言ってるんだ」

状況が呑《の》み込めていない彼女に対し、俺は改めてはっきりとそう告げた。

「なっ……何故《なぜ》ですか!?　ここで私たちが婚姻関係を結べば、今後両家の会社は様々な方面でスムーズに提携できるようになります！　どちらにとってもメリットがあるというのに……」

「……天宮司」

「っ！」

わざわざ昔の呼び方ではなく苗字《みようじ》で呼んだことで、天宮司はショックを受けたような表情を浮かべた。

天宮司に対して、直接的な恨みはない。

しかし俺の家のことを持ち出してきた時点で、こいつは敵だ。

俺と志藤《しどう》グループの事情を知らないとはいえ、〝志藤凜太郎《りんたろう》〟という存在を会社のために利用しようとしているのは事実。

そんな奴《やつ》に、そんな連中に、俺が協力してやる義理など一切ない。

「俺は志藤グループのために何かをするつもりはない。ましてや結婚だなんて……そんなことをすれば、俺が次期社長になることが決まっちまうようなもんだ。そんなこと、絶対にごめんだね」

結婚するにしても、俺が会社の人間でなくては意味がない。

もし本当に天宮司と結婚すれば、俺は周りにいる者たちによって無理矢理にでも志藤グループの跡目にされてしまうだろう。

「こんな会社のために俺の人生を棒に振るような真似《まね》はしたくねぇ。政略結婚をしたけりゃ他を当たれ」

俺は天宮司《てんぐうじ》と目を合わせないようにしながら、席を立った。

少しでも話を聞こうとした俺が間違っていた。

もはや話すことはない。

俺は帰宅するために、部屋の出口へと向かう。

「っ……！　待ってください！」

「あ？」

怒鳴ると共に立ち上がった天宮司は、わざわざ俺の前まで移動してきた。

天宮司の手は、怒りで震えているようにも見える。

「貴方《あなた》は志藤グループの人間として、少しでも会社を大きくしたり、守ろうとする意思はないのですか……！」

「……何言ってんだ、あんた」

「人には、生まれ持った責任というものがあります！　国内でも有数な企業の関係者として生まれた我々には、それを守っていくという使命があるはずです！　それを放棄するなんて……絶対に許されることではありません！」

責任、使命。

今の俺にとって、一番聞きたくない言葉たちだ。

「――なんであんたが怒ってんだよ」

「え？」

「なんであんたの方が俺に対して怒ってんだって聞いてんだよ！」

「っ!?」

気づいた時には、俺は天宮司に対して怒鳴り返していた。

あまりにも理不尽なこの状況、怒りたいのはこっちの方だ。

責任、使命、そんなものを俺に押し付けてきておきながら、それに加えてどうして怒られなければならない。

「俺はあんたや、クソ親父《おやじ》の言いなりには絶対にならねぇ。会社のためだとかなんだとか、そんなもんは勝手にやってろ。あんただって、精々《せいぜい》人の言いなりになって、いいように使われて生きりゃいいさ」

「っ……」

「じゃあな、天宮司。久々に会えて嬉しかったよ。もう二度と会うことがないといいな」

俺は踵《きびす》を返し、部屋の扉を開け放って外へ出た。

「……ふざけないで。どんな手段を使ってでも、婚姻関係を結んでもらうんですから」

そんな言葉が聞こえてくると同時に、部屋の扉が閉まる。

俺はそれらの言葉を聞こえなかったことにして、会社のビルから出るために歩き出した。

「お帰りでしょうか？　でしたら私の方でお送りいたしますが」

「いらねぇよ」

「……左様ですか」

部屋の外で待機していたソフィアさんの提案を蹴って、俺はビルを出る。


時刻はちょうど昼頃。

俺は少し移動して、近くにあった公園のベンチに腰掛けた。

（……やっちまった）

女に対して怒鳴り散らしたことを思い出し、嫌悪感のあまり手で顔を覆う。

いくらイラついたからって、女に怒鳴るのは駄目だ。

怒りをぶつけるのは、暴力を振るうこととなんら変わらない――――と、俺は思っている。

百歩譲って俺の怒りが正当なものであったとしても、抑えることができなかったという時点で負けだ。

「っていうか、全然一日で終わったし」

お見合い相手との話の流れ次第では一泊する可能性もあると伝えられていたため、玲《れい》に対して今日と明日家を空けると伝えた。

しかし俺が飛び出してきてしまったせいで、二日どころか一日、いや、半日ですべてが終わってしまったのである。

これから帰るべきか、否か。

ちなみに玲からの返信は、『凛太郎がいないなら、ホテルに泊まる』とのこと。

どうやら再び写真集の撮影があるらしく、その現場の近くのホテルに宿泊するようだ。

つまり今、家に帰ったところで玲はいないし、やることがない。

気を紛らわしたい今のタイミングでやることがないというのは、正直避けたい状況だった。

「……はぁ」

スマホを握りしめたまま、ため息を吐《つ》く。

一人でいるのもしんどいというのに、連絡を取りたいと思える相手もいない。

なんというか、今誰かに連絡を取る＝迷惑をかけるという認識になってしまっているせいで、手が動かないのだ。

（今の俺、マジで面倒くせぇ……）

口から漏れるのは、ため息ばかり。

秋から冬に移り変わりつつある空気は、どこか冷たく爽やかな印象を受ける。

雲が少ない青空はどこまでも高く、公園の中では小さな子供たちが親に見守られながら楽しげに遊んでいた。

「場違いだよな、俺」

思わず苦笑いがこぼれる。

こんなキラキラした場所に、淀《よど》んだ表情を浮かべる人間は相応《ふさわ》しくなかった。

とりあえずここから離れよう。

誰もいない家の方が、まだ罪悪感を抱かずに済むはずだ。

「――――何してんの、あんた」

そう思って立ち上がろうとした時、聞き覚えのある声が耳を叩《たた》いた。

おかしいな、前にもこんなことがあった気がする。

あれは確か夏のことだったような――――。

「おーい、無視すんじゃないわよって」

「いだっ」

額に走った痛みのおかげで、俺は記憶の海からすぐさま引き上げられた。

俺に対してデコピンを放ったカノンは、何故か呆《あき》れたように盛大なため息を吐く。

「何よ、浮かないい顔しちゃって。あんたらしくないじゃない？」

「べ、別に……って、どうしてカノンがこんなところにいるんだよ」

「あたしの実家がこの辺りなのよ。今日たまたま仕事がリスケになったから、うちのチビどもと遊んでやろうかと思って」

そう言いながら、サングラスと帽子で軽い変装を施したカノンは手に持ったレジ袋を見せてきた。

中にはスーパーで買ったであろう食材が入っている。

「そういや……大家族なんだっけ、お前の家」

「まあ大家族ってほどじゃないけど、弟妹は多い方なんじゃない？　下に弟が二人と、妹が一人いるの」

「四人姉弟か」

「そ。まだ小学生なんだけど、最近かなり食欲旺盛になってきたみたいでね」

確かに、袋に入っている食材はかなりの量だ。

これだけあれば、玲がいても数日は持つだろう。

「今から帰って昼ごはんを作ってあげる予定なのよね」

「思ったよりも家庭的だよな、お前」

「思ったよりは余計でしょうが！」

いつも通りのツッコミを受けて、思わず笑いがこぼれた。

玲も、ミアも、カノンも、やっぱりそれぞれ違った居心地のよさを与えてくれる。

誰にも連絡を取りたくないだなんて言いながらも、結局人に会えばこうして少しは回復してしまうのだから、なんともチョロいメンタルと言わざるを得ない。

「……それで、どうして落ち込んでるわけ？」

「別に、落ち込んでるってわけじゃ……」

「嘘《うそ》でしょ。だって普段見ないような顔してるもの」

「……」

あーあ、バレてら。

なんで分かるんだよ、こいつ。

もしかして俺のファンか？

「落ち込んでる理由、少しくらいあたしに話してみたら？　まあ助けになれるかどうかは知らないけど、話すだけでも楽になるかもしれないわよ」

「……そういうもんか？」

「そういうもんよ」

あまりにもカノンが堂々とそう言うものだから、俺はなんとなく、今日あったことをすべて口から漏らしてしまった。

これまでの俺だったら、絶対に話したりはしなかっただろう。

しかし今は、カノンなら――――いや、ミルスタの三人にならいいかと思ってしまったのだ。

無意識のうちに、俺はそれだけ彼女たちを信用しているのかもしれない。


「……ふぅん、なるほどね」

俺の話をベンチに座って一通り聞いたカノンは、サングラスの隙間からこっちをジッと見つめ始めた。

なんだよ、居心地が悪いじゃねぇか。

「あんたも、想像以上に厄介なもの抱えてたのね」

「別に……大したもんでもねぇよ」

「嘘おっしゃい。大したもんじゃないなら、あんたがあんな顔になるのはおかしいわよ」

「俺だって普通に落ち込む時くらいあるわ」

「ああ、じゃあやっぱりちゃーんと落ち込んでたのね」

ニヤニヤとからかうような表情を浮かべるカノン。

ちくしょう、テンポのいい会話に嵌《は》められた。

「何はともあれ、女の子に怒鳴ったことはいただけないわね。まあ、どう聞いても相手の

子が悪いとしか思えないけど……」

「ああ、そこは本当に反省してる」

いい悪いという以前に、俺が俺を許せない。

怒鳴って何かを思い通りにしようとするのは、子供のやることだ。

高校生はまだ子供だと言われればそれまでだが、駄目だと理解しているのにやってしまうというのはいくつになっても情けない行為だと思う。

俺は、あまりにもガキ臭い自分の行動にムカついているのだ。

「……今日、レイは仕事だっけ」

「え？　ああ、そのはずだけど」

「ふーん……」

一体何が言いたいのか。

カノンはそっぽを向き、しばらく髪をいじる。

「……ねぇ」

「なんだよ」

「どうせ暇なら、今からあたしの実家に来ない？」

「はぁ？」

まさかの提案に、俺は素っ《す》頓狂《とんきょう》な声をもらしてしまう。

「さっき話したけど、うちのチビたちに昼ご飯を作ってやらないといけないのよ。あんたがいたら仕事が減るし、できれば手伝ってほしいなって」

「おいおい……一応お前の目線だと俺は落ち込んでる人間のはずじゃねぇのか？　そんなこき使っていいのかよ」

「ここでボーっとしてるだけで気持ちが落ち着くとは思えないわ。とりあえず動く！　自分から立ち止まったら、人は終わりよ」

暴論といえば暴論だが、なんともカノンらしい言葉だと感じた。

今の俺には、多少なりとも強引な力が必要なのかもしれない。

こうして一つ動く理由を与えられただけで、少なくとも胸に渦巻いていた罪悪感のようなものは少しだけ薄れていた。

「……分かったよ、手伝わせてくれ」

「ええ、存分に手伝ってくれるといいわ！」

「日本語おかしくなってんぞ」

俺はベンチから立ち上がり、カノンと共に彼女の実家へと向かうことになった。

「……！　姉ちゃんがカレシ連れてきたぁぁあああ！」

カノンの実家に到着して早々、俺を出迎えてくれたのは、そんな叫び声と共に玄関先で飛び跳ねるクソガキ——もとい、小学生くらいの少年だった。

少年の叫び声に誘われるかのように、廊下の先からもう二人の小さな子供が駆けてくる。

「カレシ!? ねーちゃんに!?」

「おねーちゃんのカレシー!?」

男の子が二人、女の子が一人。

これがカノンの言っていた弟と妹だろう。

よく見ると、三人とも目元がカノンそっくりだ。

「彼氏じゃないわよ！　恥ずかしいから騒ぐなチビども！」

「あー！　ねーちゃんが怒った！」

「おこりんぼうのおねーちゃん！」

「子供に怒るなんて大人げないぞ！」

「そんなこと言うならもうちょっと可愛《かわい》げあることを言えー！」

わーきゃーと逃げていく子供たちを、カノンが追いかけていく。

年季の入った一軒家の玄関に取り残された俺は、あまりの行き場のなさに思考が停止した。

「——あらあら……ドタバタしていると思ったら、あの子がお友達を連れてきたのね」

「へ?」

突然廊下にある扉のうちの一つが開き、中から小柄な女性が現れる。

雰囲気としては三十代後半。

女性は俺を見ると、スリッパを鳴らしながら玄関まで歩み寄ってきた。

「えっと、初めまして……よね?　夏音《かのん》の母の琴音《ことね》です」

「あ、その、志藤凛太郎《しどうりんたろう》と言います。今日はカノン――さんに誘われて来ました」

「そうだったのね。あの子が友達を連れてくるなんて久しぶりで驚いちゃった。何もない家だけど、ゆっくりしていって?」

「……ありがとうございます」

「そんなところにいてもなんだから、ひとまず上がってリビングで待っててもらっていいかしら?　今あの子たちを連れ戻して来るから」

俺を家に上げてくれた琴音さんは、そのままリビングまで案内してくれた。

綺麗《きれい》に整えられているリビングには大きなソファーがあり、俺はそこに腰掛ける。

ソファーの前に置かれたテレビを適当に眺めていると、廊下の方から息を切らしたカノンとその弟、妹たちがぞろぞろと入ってきた。

「わ、悪かったわね、りんたろー……ほったらかしにして」

「別にそれは問題ねぇけど……大丈夫か？」

「大丈夫よ、いつものことだから」

ボロボロのカノンと、そんな彼女に捕まって不満そうな弟妹たち。

これが日常茶飯事だと聞くと、カノンの面倒見の良さもなんとなく納得してしまった。

「ほら、あんたら挨拶しなさい」

カノンに背中を押され、子供たちが俺の前に並ぶ。

「俺、秋也《あきや》！　小学四年生！」

「僕は冬樹《ふゆき》！　小学二年生！」

「わたしは春香《はるか》！　ねんちゅーさんです！」

元気に挨拶をする三人。

なるほど、カノンの名前も含めて春夏秋冬というわけか。

センスある名付け方だな、ご両親。

「俺は志藤凛太郎、お姉ちゃんの友達だ。高校二年生……よろしくな」

「よろしく！　りんたろー！」

「『りんたろー！』」

「……」

いきなり呼び捨てかい。

まあ、いいけど。

「彼氏って誤解は解いてくれたんだな」

「ええ、ちゃーんと言い聞かせてきたわ」

そう言って親指を立てるカノン。

この様子を見るに、本当にしっかりと言い聞かせてきたんだろう。

俺は一人っ子だから理解はできないが、子供の面倒を見るというのは本当に大変な行いのようだ。

「ん？　ああ、確か昼飯を作るんだったか」

「りんたろー！　今日はお姉ちゃんと何しにきたの？」

「昼飯!?」

昼飯という言葉を聞いて、秋也は目を見開いた。

「りんたろーはご飯作れるのか！」

「んー、まあ、一人暮らししてるからな」

「大人だ！」

何故《なぜ》かはしゃぎ始める秋也に同調するようにして、他の二人も飛び跳ね始める。

「ご飯だ！　ご飯！」

「おひるごはんー！　おなかすいたー！」

飛び跳ねる子供たちに俺が困惑していると、隣でカノンがため息を吐《つ》いた。

「はぁ……育ちざかりのせいで、ご飯一つでこの反応なの。うるさいでしょ？」

「ははっ、いや、むしろたくさん食ってくれそうでありがてぇよ」

「ああ、あんたはそういうやつだったわね……」

そんな会話をしていると、先ほどカノンたちを呼びに行った琴音さんがリビングへと入ってきた。

何故だろう、少し疲れているように見える。

「はぁ……散らかしたら散らかしっぱなしなんだから、もう」

――なるほど、子供たちが散らかした物の後始末をしていたらしい。

「ママ、りんたろーと一緒にキッチン借りるわよ」

「え？　凜太郎君も一緒にご飯作ってくれるの？」

「うん、こいつの作る料理はそこら辺で食べるよりも美味《おい》しいから、期待して待ってて」

「へぇ、それは楽しみね」

期待を煽《あお》るなと言いたいところだが、まあ、カノンにそんな風に言ってもらえて俺としても悪い気はしない。

子供たちの面倒は琴音さんに任せ、俺はカノンと共にキッチンの方へと向かう。

使用感に溢《あふ》れたキッチンには一通りの調理器具が揃《そろ》っており、琴音さんの几帳《きちょうめん》面な性格が窺《うかが》えた。

「それじゃあ申し訳ないんだけど……作る物とかは全部任せていい？」

「むしろ俺がやっていいのかよ？　元々はお前が作る予定だったんだろ？」

「それは気にしないで。あたしは別に料理が好きってわけでもないし、楽ができた方がありがたいから」

「はっきり言いやがって」

「あんたに隠し事する方が不自然でしょうが」

「そりゃそうか」

「ひとまずあたしは手伝いに回るわ。そんなに手の込んだ物じゃなくてもいいから、とにかく一気に作れる物でお願い」

「ああ、分かった」

　子供たちの腹を満たせる物。

　そのリクエストに応えることができる物となると、今の俺に思いつく料理は一つだけ。

　俺はカノンが買ってきた食材と、元々家にあった食材を手に取った。

「……なるほど、いいチョイスね」

「だろ？」

　俺が手に取ったのは、焼きそばだった。

これなら一気に焼くことができるし、味も濃いから子供の舌によく合う。

そんでもって大皿に盛っておけば、それぞれが食べたい分だけ取り皿によそえばいいから作り手としても手間が一つ減る。

誰がどれくらい食べるか分からない時に使う手としては最良だ。

「よし、じゃあちゃっちゃと作るか。カノン、早速で悪いが野菜を切っておいてくれ。……っとその前に、子供たちに好き嫌いはあるか？」

「ないわ。そこだけはあの子たちの自慢なの」

「そりゃいいや。それじゃキャベツ、玉ねぎ、ニンジンを切っておいてくれ。ニンジンは火が通りにくいから、薄めに頼む」

「分かったわ。任せて」

料理を手伝ってくれる人間がいるのは、こういう時においてありがたい。

ぶっちゃけてしまうと、料理において俺はすべて一人でやりたいタイプだ。

自分でも面倒臭いこだわりがあったり、効率よくこなすことに喜びを覚えるタイプでもあるから、基本的にキッチンは俺にとっての聖域と認識している。

しかしここはカノンの家。

人のキッチンでそんなことは思わないし、むしろ効率という面では俺の方が足を引っ張る可能性がある。

だからこういう時は遠慮なく人を頼る。

何がどこにあるかという質問も頻繁にしなくちゃいけないし、結局人の手はたくさんあるに越したことはない。

(カノンに野菜を切ってもらっている間に……っと)

俺は麺を手に取り、少し封を開けて電子レンジに入れる。

こうして少し熱を入れておくと、ほぐれやすくなって焼く際の煩わしさが減るのだ。

レンジの時間は短くていい。

その間にコンロに火をつけ、フライパンに油を引いておく。

「え、ちょっと待って！　まだ野菜切り終わってないわよ?」

「大丈夫だ。そのまま作業を進めてくれ」

カノンの焦りはごもっとも。

基本的に火の通りやすさの関係で、炒《いた》める順番は野菜が最優先。

故に自分がまだ作業中にもかかわらず火を使いだした俺に驚いたのだろう。

しかしながら、俺が最初に焼こうとしているのは野菜ではない。

「せっかく期待されてるのに、普通の作り方じゃ面白くねぇからな」

俺は温めが終わった麺を、そのまま油を引いたフライパンへと投入する。

よくほぐれた麺を炒めて一通り火を入れた後、俺はそれをへらでフライパンに押し付けた。

ジュウっといい音がして、麺たちに軽い焦げ目がついていく。

この麺自体についた芳《こう》ばしさが、いい仕事をするのだ。

(そんでもって……)

麺の量が多ければ、野菜の量もだいぶ増える。

カノンの手際はかなりいい。

切った野菜のサイズも揃っているし、丁寧だけど遅くない。

それでも作業を終えるまでまだ少し時間が必要だろう。

この間に俺ができることは――――。

「カノン、冷蔵庫にあったソース使ってもいいか?」

「え? い、いいけど……ここにある粉末ソースは使わないの?」

「ああ、ソースも別で作ろうと思ってさ」

「へぇ……それは楽しみね」

俺は冷蔵庫からオイスターソース、ウスターソースを取り出した。

それらを混ぜ合わせ、少し醬油《しょうゆ》を加えて一旦は完成。

するとカノンの方も野菜を切り終わったようで、俺に声をかけてきた。

「切り終わったわ。どうすればいい?」

「一旦麺の方の火を止めるから、隣でキャベツから炒めてくれ。豚肉あったよな？　それは最後に入れるから、途中で俺と交替して準備を頼む」

「分かった」

別のフライパンを用いて、カノンは野菜たちを炒め始める。

そして全体的に軽く火が通った段階で、俺はカノンと交替して麺にその野菜を混ぜた。

焼き色のついた面をほぐしながら、野菜が均等になるように混ぜていく。

「そろそろ肉入れる？」

「ああ、渡してくれ」

「はいはい」

一口大に切られた豚バラ肉を入れて、火を通す。

量が量なだけに、混ぜるだけでも腕が辛《つら》い。

しかしまあ、ここまで来ればあと一歩だ。

「最後はこれを……！」

概《おおむ》ね火の通った麺たちに、作ったソースをぶっかける。

するとソースが焼ける芳《こう》ばしい匂いがキッチンに充満し始め、俺とカノンの腹の虫を暴れさせ始めた。

「いい匂いね……！」

「だろ？」

そうしてソースを満遍なく絡ませれば、完成。

大皿に盛って、カノンに持っていくように伝える。

「あんたたちー！　焼きそばができたわよー！」

「「「わーい！」」」

可愛《かわい》いガキどもだ。

リビングの方からドタドタとカノンの持つ焼きそばの皿に集まっていく音が聞こえる。

さて、俺にはまだやることがあった。

カノンの買った物の中にあった卵を取り出した俺は、それを複数個合わせてかき混ぜる。

「え？　まだ何か作るの？」

取り皿を取りに来たカノンの問いかけに対し、俺は首を横に振った。

「新しい料理は作らねぇよ。これは焼きそばのおまけだ」

軽く油を引いたフライパンで、俺は薄焼き卵を作っていく。

察しのいい人ならもうお分かりだろう。

薄焼き卵を皿に重ねた俺は、それを持ってリビングの方へと向かった。

「りんたろー、それ何？」

「後でのお楽しみだ。まずは焼きそばを食え」

次男の冬樹の問いにそう返した俺は、彼らを席へと座らせる。

そしてカノン、琴音《ことね》さんと共に、俺も席へとつかせてもらった。

「「「いただきます」」」

全員で手を合わせて食前の挨拶をして、食事を始める。

取り皿に山盛りによそった焼きそばを口に運ぶ子供たち。

その瞬間、彼らの顔がパッと花咲いた。

「「「うまーい！」」」

「おー、そいつはよかった」

子供たちがバクバクと焼きそばに口を付けていく様子を見て、俺も自然と笑顔になった。

純粋さ百パーセントの彼らの反応は、やはり直接心を揺さぶってくる。


ここで、ふと思った。


この感覚は、玲《れい》が俺の料理で喜んでくれている時と似ている——と。

彼女の純粋さは、ここにいる子供たちとえらく近い。

いや、まあ、高校生がそれでいいのかという話ではあるが。

「本当に美味しい……本当に凛太郎《りんたろう》君は料理が上手なのね」

「恐縮です。事情があって一人暮らしをしているので、自然と身についただけですけど……」

「そうなのね。立派だわ」

琴音さんは優しげに微笑《ほほえ》んでいる。

すごくおかしなことを言う自覚はあるのだが、彼女はとても〝母親〟らしい。

理想の母親というか、きっと彼女は自分の子供たちに無償の愛を捧《ささ》げているのだろう。

時には優しく、時には厳しく。

カノンの存在を通して見るに、ここは家族という概念の理想の一つであるに違いない。

ああ――――羨ましいな。

頭に浮かんだその感情を、俺は振り払う。

ひどく俺らしくない感情だ。

久しぶりにクソ親父《おやじ》に会ったせいで、まだ頭がグチャグチャしているのかもしれない。

「っ……ほら、これも試してみてくれ！　これはこれで美味《うま》い自信があるから！」

俺は薄焼き卵を皆の前に置いた。

それを見て何かに気づいた様子のカノンは、感心したような声を漏らす。

「あー！　これを焼きそばに載せるのね」

「そういうことだ。オム焼きそばってやつだな。お好みでソースとマヨネーズをかけて食べてくれ」

子供たちの分は俺がやってやり、それぞれソースやマヨネーズをかけていく。

俺も自分で薄焼き卵を焼きそばに載せ、ソースとマヨネーズをかけた。

そしてそのまま口に運べば、なんとも言えないジャンキーな味わいが口全体に広がっていく。

「わぁ！　これもおいしい！」

「マヨネーズ好きー！」

「うまーい！」

気に入ってもらえたようで何より。

賑《にぎ》やかな昼食は、賑やかなまま進んでいく。

彼らと過ごす時間は、不思議と嫌なことを思い出さずに済んだ。


「うわ、負けた……！」

「やー！　りんたろーの負けー！」

食後に始まったトランプゲーム。

子供三人と俺一人という状況でババ抜きをした結果、三戦目にしてついに俺は敗北を喫した。

いや、まあ、あまりにも三人の顔が読みやすいもんで、わざと負けた部分はあるんだけど。

とりあえずこれで一区切りはつけることができただろう。

「ふぅ……負けちまったし、ここらで休憩させてくれ」

「えー、りんたろーおじさんみたい」

「おいおい……って言いたいところだが、高校生じゃお前たちの元気についていけねぇみたいだ。悪いな」

「もー、しかたないなー」

一番下の春香《はるか》に許しをもらい、俺はトランプゲームから離脱する。

まだまだ元気が有り余っている三人は、仲良く並んでテレビゲームを始めた。

彼らには見えない角度で小さく息を吐きながら、俺はソファーに腰掛ける。

別に酷《ひど》く疲れたというわけではないが、思ったよりも心が疲れていたようだ。

そりゃ午前中にあんなことがあったわけで、疲れている理由はすぐ分かるんだけれども。

「お疲れ。悪いわね、あの子らの面倒見てもらっちゃって」

そう言いながら、カノンが俺の前に温かいお茶を置いてくれた。

そしてそのまま俺の隣へと腰掛ける。

「嫌じゃないから全然いいよ。むしろいいリフレッシュになった」

「そう？　ならいいんだけど」

「でも、これを毎日ってなるとめちゃくちゃ大変なんだろうな。ちょっと舐《な》めてたかもしれねぇ」

俺にも将来的には子供ができるかもしれない。

その時、子育ての主力になるのは専業主夫になった俺だ。

きっと赤子はもっと手がかかることだろう。

一通り家事ができたところで、子育てについては実際に子供ができるまでは結局素人。

そういう意味では、苦労に対する心構えをさせてもらえただけでもありがたかった。

それに――――。

「三人ともめちゃくちゃいい子だと思うぜ。……ちょっとだけ、いや、かなり生意気だけど」

「まあ、ね」

カノンはゲームに夢中になっている子供たちを見ながら、苦笑いを浮かべていた。

子供なんて、生意気なくらいでちょうどいい。

何事も元気が一番だ。

……これはあまりにもジジ臭いか？

「そういえば、親父さんは不動産屋なんだっけ。今日も仕事か？」

「ああ、パパ？……レイのやつ、伝え方が下手ね」

「？　どういう意味だ？」

「正確には、不動産を持っている人よ。不動産屋っていうと多くの場合は仲介業者を指すんだけど、あの人たちは建物のオーナーと入居者を繋《つな》ぐ仕事がメインだから、実際に物件を好き勝手できるわけじゃないの。けどパパは直接物件の権利を持っているから、好きに相手を選んで部屋を貸せるってわけ」

「つまり、あのマンションはお前の親父さんの所有物ってことか……!?」

「今まで伝わってなかったのね……」

玲め、ちょっと恥かいちゃったじゃねぇか。

「つーかあのマンションの所有権を買えるって……親父さん相当稼いでるな」

「まーね。パパの本職は、世界中を飛び回るカメラマンよ。三ヵ月に一回、季節の変わり目に帰ってくるの。撮るものは綺麗《きれい》な景色とか、その国で暮らしている人たちとか……そういう〝国の色〟が分かる写真って感じ」

そう言いながら、カノンはリビングに置かれた本棚の中から冊子を一つ取り出した。

「で、帰ってくるたびにこんな感じにまとめて出版してるのよ。結構人気なのよ？」

「へぇ……」

「まあぶっちゃけ安定した職ではないから、お金があるうちに投資として物件を買っておくんだって。それでいくつか不動産を持ってるみたい」

写真集を受け取った俺は、中身をパラパラとめくる。

俺は写真についてはよく分からない。

バイト先である漫画家の優月《ゆづき》先生の仕事部屋には背景資料としてこういう物がたくさん置いてあるけど、まだ主戦力として活躍できない俺は細かい雑用に追われ、目を通すことすらできていない。

しかしこの写真集には、そんなずぶの素人である俺でも心を動かされる何かがあった。

自然の壮大さや、その地域に住んでいる人々の優しい笑顔。

ページをめくればめくるほど、世界の広さや神秘が目を通して伝わってくる。

普通の写真とは訳が違うということが、俺にも知識とは別の部分で理解できた。

「すげぇな……理屈は分からねぇけど、ただの写真じゃない気がする」

「あたしも被写体としては慣れてるけど、こういう写真はさっぱり分からないのよね。でも、すごく好き」

「……」

俺と共に写真集を覗《のぞ》き込むカノン。

その顔はどこか嬉《うれ》しそうで、宝物を前にしているかのようだった。

「アイドルになろうと思ったのも、パパの影響だったりするのよね。自分が撮った写真で誰かの心を動かすように、あたしも自分が培った何かで人の心を動かせるような仕事についてみたいって」

「……なんか、いいな。そういうの」

「そ、そう？」

「ああ、すげぇ立派だと思う」

残念ながら、俺にはカノンのような強い志はない。

だからこそ、カノンも、玲も、ミアも。皆俺から見たら輝いて見える。

だからこそ、魅力的に感じるのだ。

「あ、あんたに素直に褒《ほ》められると変な感じになるわね」

照れ臭そうにしながら、カノンは優しく写真集を閉じた。

その様子を、俺はなんとなく見つめてしまう。

「……何よ？」

「あ、いや……」

自分の中に浮かんだ問いかけを、俺は一度押し止《とど》める。

しかし、今だからこそ聞いておくべきなんじゃなかろうか――。

「なあ、カノン」

「……？」

「お前、親父さんのこと好きか？」

「はぁ？」

俺の問いかけに、カノンは意味が分からないといった表情を浮かべた。

ただ、彼女はすでに俺が今置かれている状況を知っている。

だからすぐに俺の問いの意味を察し、呆《あき》れたようにため息を吐《つ》いた。

「別に、好きでも嫌いでもないわね」

カノンは真《ま》っ直《す》ぐ俺の目を見ながら、そう言い切る。

「好きとか、嫌いとか、そういう感情って家族でいるために必要？」

「え……？」

「家族は家族よ。〝好き〟でも、〝嫌い〟でも、あたしたちが子供である限り今のパパとママの子であることは変えようがないわ。家族って関係性は、想像よりも強い繋がりを持っているってあたしは思う」

「……」

正論――というか、これはあくまでカノンの考えということを理解している上でも、俺は反論の余地を見つけることができなかった。

納得したというわけでもないと思う。

俺はカノンと意見交換ができるほど、〝家族〟という関係性について知らない。

それが少しだけ、悲しかった。

「あんたが自分の父親にいい感情を持っていないことくらいは分かるけど、ちゃんと〝嫌い〟だって感情を抱けてる？」

「な、なんだよ、その問いかけは……」

「嫌いだって思えるほど、あんたはその人について知ってるの？」

「っ！」

ハッとさせられた。

俺は、親父《おやじ》について何を知っているのだろう。

家のことを放置して、母親に逃げられた。

そして、俺のことを会社の跡取りにしようとしている——。


——本当にそうか？

本当に、親父は俺を跡取りにしようとしているのか？

一度でも、俺に対して跡を継げと言ってきたか？

あいつの態度を見て、周りの環境を見て、勝手にそう認識してしまっていたんだとしたら……俺は、今まで一体何を――。

「ちょ、ちょっと!?　あたしなんか悪いこと言った!?　急に黙らないでよ！」

「あ、ああ……悪い」

目の前でカノンが焦っている。

俺の気分を害したのではないかと思ってしまったのだろう。

それに関してはしっかりと否定しつつ、俺は再び考える。

親父が俺のことをよく知らないのと同じで、俺も想像以上に親父のことをよく知らない。

この先親父と接触するのはまったくもって望むところではないが、きちんと確かめることは必要なことである気がしている。

やることが明確になってようやく、俺は自分が置かれている状況を冷静に把握することができるようになってきた。

現状において俺の敵と呼べる存在は、親父や会社ではなく、おそらく天宮司《てんぐうじ》柚香《ゆずか》だ。

あいつは俺を婚約者にして自分の会社に貢献しようとしている。

その目的を果たすために、ありとあらゆる手段を使ってくる可能性が高い。

(手段の一つとして最有力なのは、脅迫……か)

俺の弱みを握り、言うことを聞かせる。

もちろん犯罪行為だが、あの天宮司グループが裁判事でわざわざ闘《たたか》わせてもらえるような状況は作ってこないだろう。

天宮司グループに対抗するためには志藤《しどう》グループの力が必要になるのは当たり前の話。

しかし俺は親父の力を借りたいとは思わない。

ならば、そもそも脅迫の材料を押さえられないようにするしかないわけで。

(俺の、弱み……)

そんなもの、一つしかない。

大人気アイドルグループ、ミルフィーユスターズのレイとの関係性。

今のところその情報を知っている人間は限られているが、天宮司グループが本腰を入れて俺を調べるようなことがあれば、突き止められてしまう可能性はかなり高いように思える。

だとすれば、俺がやらなければならないことは――――。

「……何か考えがまとまったみたいね」

「ああ、カノンのおかげだ。頭がすっきりしたよ」

「ふーん、それなら感謝してくれてもいいのよ？」

「ありがとう、カノン。お前は本当にいい女だよ」

「なっ……!?」

変に照れているカノンを無視して、俺は覚悟を決める。

何があろうと、〝志藤凛太郎《りんたろう》〟を好きに利用させることだけは許さない。

今動くだけの理由は、それだけで十分だ。


「あら、もう帰っちゃうの？」

「はい、結構長いことお邪魔しちゃったんで」

「邪魔なんて全然……むしろ夜まで居てくれてもよかったのに」

帰り支度を終え、俺は琴音《ことね》さんや子供たちに挨拶する。

琴音さんは夜までと言ってくれたが、外はもうだいぶ暗くなってしまっていた。

冬に差し掛かっているこの時期、やはり日が暮れるのが早い。

これ以上長居すると帰る頃には真っ暗だし、なんとなくそれは避けたかった。

「ママ、りんたろーは今一人暮らしだから、家に帰ってやらなきゃいけないことがたくさんあるのよ。あんまり引き止めちゃ悪いわ」

「うーん……そうね」

「タイミングもいいし、あたしも一緒に帰るわ。マンションも同じだしね」

「え、夏音《かのん》も？　そんなの寂しいじゃない」

「また来るって。一人でこの子たちの面倒見るのも大変でしょ？」

「まあ、それはね……」

琴音さんは苦笑いを浮かべている。

カノンは俺と同じくマンションの方に帰るようで、すでに支度を終えていた。

俺はカノンの隣で靴を履き、一度廊下の方に振り返る。

「また来いよ！　りんたろー！」

「また来いよー！」

「またきてねー！」

「ああ、またな」

子供たちに手を振り、俺はカノンと共に家を出る。

外では夕日が沈みかけ、ずいぶんと涼しい空気が漂っていた。

流れでこうなったとはいえ、カノンと一緒に帰るのは悪くない判断だったかもしれない。

暗くなるのも早いし、女一人で帰らせるよりはよっぽどマシな状況だ。

「あの子たち、すっかりりんたろーに懐いちゃった。これはまた来てくれないと本当に拗《す》ねるわね」

「そう何度も人の家を訪ねていいもんかね……」

「普段は家にいないあたしはともかく、ママやあの子たちがいいって言えばいいんじゃない？　むしろあたしが帰るタイミングで毎回連れて行ってやろうかしら」

「ははっ、家族に彼氏を紹介したがる女みたいなこと言いやがって」

「うっ……」

俺が放った何気ない一言を聞いた瞬間、カノンは突然足を止めた。

気になって振り返ってみれば、カノンは先ほどと同じように変に照れた態度を見せている。

なんだろう、妙に調子が狂う。

「どうしたんだよ、さっきから」

「いや……その、あんたって本当に罪深いなって」

「はぁ？」

「――――ねぇ」

カノンの目は、真っ直ぐ俺を捉《とら》えている。

その目を見て、俺は場の空気が変わったことを嫌でも察してしまった。

「あんた……レイのこと、どう想《おも》ってるの？」

「……」

風が吹き、カノンのツインテールが揺れる。

俺はすぐに答えを返すことができなかった。

少し、また少し時間が過ぎて、俺はようやく口を開く。

「さあ、な。分からねぇよ、そんなことは」

「分からないって……あんた本気で言ってるの？　二人の態度を見れば、こっちだってなんとなく察するものが――」

「分からねぇもんは分からねぇんだ。……気づかないようにしてるってのが正しいかもしれねぇけど」

「……」

気づかないようにしている。

自分で吐いておいてなんだが、その言葉は酷《ひど》く核心を衝《つ》いていた。

言い訳でしかないが、そもそも玲《れい》は国民的アイドルと呼ばれるようになるほどのビジュアルを持つ女。

そんな彼女とほぼ毎日顔を合わせて共同生活を送っていれば、気持ちが揺るがないという方が不健全だと思う。

俺はもしかすると、玲に惹《ひ》かれているのかもしれない。

ただその気持ちを追求すればするほど、辛《つら》くなるのは俺だ。

乙咲《おとさき》玲に、ミルスタのレイに、男の影があってはいけない。

玲が持つ夢を守るためにも、俺という存在は最悪の事態が起きたとしても言い訳が利《き》く位置にいなければならないのだ。

だから、何も想わないようにする。

それは玲だけでなく、ミアにも、カノンに対しても同じことだ。

人の夢を壊した時、きっと俺は世界で一番後悔する。


こいつらと会わなければよかったって——————。


そうなってしまうことだけは、絶対に嫌だった。

「……ふーん、じゃあ、別にレイが好きって言い切るわけじゃないのね」

「え？　あ、ああ、まあそうなるな」

「なぁんだ、それなら身を引くにはまだ早かったのね。諦めようとして損したわ」

そんなことを言いながら、カノンは俺との距離を一歩詰めてくる。

「もう決まっていることにわざわざ首を突っ込んでいくような真似《まね》は野暮かと思ってたけど、そうじゃないなら話は別よね」

「……何言ってんだ？」

「なんでもない。いずれ分かると思うし、あんたは気にしなくていいわ」

カノンは何故《なぜ》か得意げな顔をして、俺との距離をさらに詰めてきた。

そして俺の口に自分の人差し指を当て、悪戯《いたずら》っぽく笑う。

「宣戦布告よ！　りんたろー！」

「だから……なんの話だよ」

「ふふっ！　そうよね、諦めるなんてあたしらしくなかった。やっぱり欲しいモノは力ずくで手に入れないと！」

「……？」

まったくもって話についていけない。

しかしカノンの中ではすでに何かが始まり、そして完結してしまったようだ。

どう突《つ》いても、今なんの話をしているのかは教えてもらえないらしい。

「何をぼさっとしてるのよ、りんたろー。さっさと帰るわよ！」

「あ、ああ……」

カノンに腕を引かれ、俺は自宅の方へと再び歩き出す。

一応、こうして俺と二人でいることはかなり危険な状況でもあるのだが、理解はしてくれているのだろうか？

――――まあ、カノンのことだ。

きっとその辺りも抜け目なく対策しているのだろう。

現に周囲にはほとんど人気がないし、彼女自身も最低限の変装はしている。

こういうプロ意識がしっかりしているのは、やはりカノンというアイドルの魅力だ。

カノンと結婚する男は、尻に敷かれつつもきっと安定した生活を送れることだろう。

それはなんとも、羨ましい話だ。

◇◆◇

凛太郎が飛び出して行った後の、志藤グループ本社。

社長室にて書類のチェックと承認を行っていた志藤雄太郎《ゆうたろう》は、ふとデスク上のデジタル時計に視線を送った。

彼が業務に取り掛かる時間は、分単位で決まっている。

時刻を見る限りもうすぐ休憩の時間が迫っているのだが、いつもより自身の業務の進みが悪いことに対して彼は顔をしかめた。

もちろん元々余裕を持ったスケジュールを組んでいるため、多少の遅れは障害にはならない。

しかしいつもと違うことが起きているという事実が、彼に対して小さな困惑を与えることとなった。

そんな状況に陥った彼のいる部屋の扉が、突然ノックされる。

「ん……入れ」

「失礼いたします、社長」

「ソフィアか」

秘書であるソフィアの入室を受けて、雄太郎は顔を上げた。

「天宮司《てんぐうじ》柚香《ゆずか》様がお帰りになりました。今後行われるであろうグループ間の提携をスムーズに進めるべく、いくつかの部署とコンタクトを取っていたようです」

「そうか。相手方の話が有益であると判断した場合は、各々で話を進めておけと各部署の人間に伝えておいてくれ。個別の事業に関しては私よりも各部署のリーダーの方が詳しくなっているはずだ。受けるも受けないも現場の判断に任せる」

「かしこまりました」

天宮司グループとの業務提携について考える雄太郎は、小さく息を吐いた。

機能性を重視したオフィスチェアから立ち上がり、沈んでいく夕陽《ゆうひ》が見える大きな窓の側《そば》に立つ。

「……今の天宮司グループの業績は、確か右肩下がりだと言っていたな」

「はい。少なくとも、我が社がこちらから業務提携を願い出るほどのグループではないかと」

「わざわざ凜太郎《りんたろう》との婚約関係を結びに来たのは、私たちの土台に縋《すが》るためか」

一般的な視点からすれば、天宮司グループはまさに大企業。

業績が右肩下がりといえど、それはあくまで常に業績を伸ばし続けていた志藤《しどう》グループから見た状況であり、まだまだ国内有数の企業であることには変わりない。

しかし十年、二十年。

まさに柚香や凜太郎の代になった時に、同じ立場でいられるかといえばそうではない。

志藤グループは天宮司グループを必要とはしていないが、天宮司グループが志藤グループを必要としている理由ははっきりしているというわけだ。

「……秘書という立場から恐縮ですが、やはり天宮司グループとの業務提携は我が社に対してもある程度の利益向上をもたらす可能性は高いと存じます。こちらから願い出るほどではないと申しましたが、向こうから我が社に対して業務提携を願い出てくれるのであれば好都合。凜太郎様にも、もう少し協力していただけるよう願い出てみるというのは――――」

「それは必要ない」

「……っ」

自分の提案を一瞬にして却下され、ソフィアは口を閉じる。

「……出過ぎた真似をお許しください」

「ああ。……今日はもう下がれ。後はすべて私がやっておく」

「社長より先に退社するわけにはいきません」

「……」

雄太郎は自分の命令に従わない社員を一瞥《いちべつ》する。

対するソフィアは、真《ま》っ直《す》ぐ雄太郎の方を見つめ堂々たる佇《たたず》まいを見せていた。

もはや梃子《てこ》でも動かぬつもりだろう。

何を言っても無駄だと判断した雄太郎は、彼女に背を向けたまま小さく息を吐いた。

第二章　対策会議

カノンの家に行った日から、二日経過した。

今日は玲が仕事の遠征から戻ってくる日。

俺が用を終えてすでに帰宅していることは、彼女に告げてある。

二日ぶりに俺の作った飯が食べられるとはしゃいでいる様子の彼女を喜ばせるべく、今日はいつも以上に手の込んだ料理を用意するつもりだ。

「ん……いい感じ」

俺は味見用の小皿から口を離し、そう呟《つぶや》いた。

今日の献立は、ビーフシチュー。

デミグラスソースを元にした、本格的な物を作ってみた。

とはいえお店で出るような物とは比べ物にならないくらい簡略化されているだろうが、市販のビーフシチューのルーを使った物と比べれば少しは本格的と言える……はず。

デミグラスソースに、トマトペースト、コンソメや赤ワインを入れて、オリジナルソースを作る。

具材の方は牛もも肉に、じゃがいも、ニンジン、玉ねぎ、ブロッコリーなど。

一度全体を炒《いた》めてあらかた火を通した後、それらをソースの中でコトコトとじゃがいもが柔らかくなるまで煮込む。

味は塩胡椒《こしょう》で調《ととの》えつつ、気になり過ぎない程度に少しニンニクを入れてみたりすると、絶妙に食欲をそそる香りが周囲に立ち込めた。

こだわった点を少し挙げるとすれば、具材を炒める際にバターを使ったことだろうか。

これでコクが出て、シチュー自体がさらに濃厚に感じられる。

最後に具材にもっと味を染み込ませるために、一時間ほど放置して完成。

「っと、そろそろか」

玲《れい》からもうすぐ着くというラインが来たため、食器の準備をし始める。

すでにビーフシチューの方は温め終わっているため、いつでも食べられるようになっていた。

一緒に食べるために用意したバゲットも口に入れやすい薄さにカットしてあるし、準備は万全と言ったところだろう。

そんなこんなをしていると、玄関扉が開く音がして、控えめな足音がリビングの方へと近づいてきた。

「――――ただいま、凛太郎」

「おう、おかえり」

リビングに入ってきた玲は、俺を見つけて嬉《うれ》しそうな表情を浮かべた。

たった二日くらいしか離れていなかったのに、そんなに俺が恋しかったか。愛《う》い奴《やつ》め
……などという茶番は置いといて。

「手、洗ってこい。もう飯できてるから」

「うん。……いい匂い」

「ビーフシチューだ。味は保証するぞ」

「楽しみ。ちょっと待ってて」

そう言い残し、玲は洗面所の方へと足を運んだ。

やはり玲との会話はどこか落ち着く。

一人でいるしかなかった昨日はまた少しだけ不安を募らせる羽目になっていたのだが、それも玲の顔を見ただけで吹き飛んだ。

これなら食後に話そうと思っていることに関しても、きっと上手《うま》く伝えられる気がする。

「手、洗ってきた。うがいも済んでる」

「よし、腹は空《す》いてるか？」

「もちろん。ペコペコ」

「じゃあ座って待っとけ。すぐに用意するから」

玲を待たせ、俺はビーフシチューを皿によそう。

そして最後に軽くパセリをふりかけ、それを彼女の前まで持っていった。

「すごい、本格的」

「味もまあまあ寄せられたと思うぜ」

俺は一度キッチンに戻り、自分の分のビーフシチュー、そして簡単に作ったサラダを持ってきてテーブルへと並べる。

そして俺と玲の間に切り分けたバゲットを置いて、準備万端。

俺たちは手を合わせ、食事を始めることにした。

「「いただきます」」

玲がビーフシチューをスプーンですくい、口に運ぶ。

この料理を作った者として、なんとなく相手の最初の一口はついつい観察してしまう。

ホロホロと崩れた肉と共にビーフシチューを口に運んだ玲は、すぐにその目を輝かせ始めた。

「美味《おい》しい！」

「そいつはよかった」

「お肉がすごく柔らかい……！　トロトロで美味しい」

そんな感想を最後に、玲は食事に夢中になる。

同じようにスプーンで食べたり、バゲットと一緒に食べたり。

その姿を見て、やはり俺はたまらない喜びを覚えるのだ。

「おかわりはまだまだあるから、欲しくなったら言ってくれ。あ、それと一応白飯もレトルトだけど用意したから、試してみたかったら――」

「試してみたい」

「……はいよ」

飯のこととなると、玲はいつだって食い気味だ。

……我ながら上手いことを言った気がする。

まあそんなことは置いといて、俺は玲の器におかわりをよそいつつ、電子レンジでレトルトご飯を温めた。

白飯がビーフシチューに合わないという道理はない。

ハンバーグで飯が食える以上、同じデミグラスソースが元になっているのだから、合わないわけがないのだ。

もちろん俺の好みの話だし、バゲット派を否定するつもりはない。

どっちでも美味《うま》けりゃそれでいいだろう。

ただクリームシチューを白飯と一緒に食べる感覚は俺には分からん。

白と白で全部真っ白やんけ。

――という、どうでもいい話。

「ほい、おかわり分と白飯」

「ありがとう」

俺が作った料理は、瞬く間に玲の胃袋へと消えていく。

すでに自分の分の食事を終えてしまった俺は、それを見つめながら小さく笑みを浮かべるのであった。

◇◆◇

「ごちそうさまでした」

「あい、お粗末様」

玲に食後の休憩を取らせている間、俺は自分たちで使った食器を洗っていく。

俺たちが気に入っている、やすらぎの時間。

そんな大事な時間に、俺は今から不釣り合いな話題をぶち込まなければならない。

「玲、ちょっといいか？」

「ん？」

スマホを見ていたところに話しかけると、玲はすぐに顔を上げてくれた。

そしてスマホをテーブルの方へと置き、俺の方へと体を向ける。

「何か話？」

「ああ、割と大事なことだ」

俺はまず、自分の身に起きていることを包み隠さず玲へと伝えた。

志藤《しどう》グループに呼ばれ、天宮司《てんぐうじ》グループの娘である天宮司柚香《ゆずか》との婚約を迫られたこと。

それ自体は断ったが、天宮司柚香がどんな手段を使ってでも俺を婚約者にしようとしていること。

そして――――。

「私たちの関係が、弱点になる……？」

「ああ、そうなる可能性が高い」

俺たちの間に緊張が走る。

ここまで一緒に過ごしてきてなんだが、俺たちの関係が世間様にバレていないのは奇跡に等しい。

外では変装して過ごしていることの多い玲だが、迂闊《うかつ》だと思う時は何度もあった。

そしてそれは俺も同じ。

気を緩めているつもりはないが、慣れというものは恐ろしいもので、周囲を警戒する機会は減っていっているように思える。

遅かれ早かれ、俺たちには気を引き締め直すタイミングが必要だった。

「……悪い。俺のせいで迷惑をかけて」

「迷惑だなんて思っていないし、まだ迷惑なことになるって決まったわけじゃない。それで、私はどうすればいい？」

「特に玲の方でしてもらいたいことっていうのはないんだが、俺の方はしばらくこのマンションに近づかないようにしようと思う」

「え……？」

玲の表情がいつになく固まる。

こんなこと、突然言われたのだから無理もない。

「しばらくは優月《ゆづき》先生を頼ろうと思ってる。どれくらいの期間かは分からないけど、とりあえずほとぼりが冷めるまでは――――」

「……やだ」

「へ？」

玲が突然立ち上がり、俺は驚きのあまり硬直してしまう。

「凛太郎《りんたろう》と離れるのは……やだ」

「っ……」

玲の目は、今にも泣き出してしまいそうなほど潤んでいた。

こんな顔、俺はまだ見たことがない。

顔を押さえ、玲は玄関の方へと駆けていく。

「玲……!」

「――ごめん、少し頭冷やしてくる」

そう言い残し、彼女は部屋を出て行ってしまった。

対する俺は、この場から動けずにいる。

まるで足を床に縫い付けられてしまったかのような、そんな感覚。

脳が情報を処理し切るまでの間、ただただ俺はそうしていることしかできなかった。


しばらくして少し冷静になった俺は、玲の後を追うことにした。

玲が飛び出して行った理由は分からない。分かってはいけない。

俺に分かることは、このまま放っておいてはいけないということだけ。

突然の出来事に対してフリーズしてしまうのは俺の悪い癖。

今後は自分でも改善していかないと――なんて話は後回しにして。

(くそっ……! 玲が出て行ってからどれだけ経《た》った!?)

スマホに表示された時間を見るに、二分ほどはあたふたしてしまっていたようだ。

壁にかけていた上着をひっつかみ、部屋着の上から羽織って玲を追いかける。

しかし玄関から飛び出そうとした瞬間、突然室内にインターホンが鳴り響いた。

「っ、こんな時に……！」

一旦は無視しようと思った俺だったが、すぐに違和感に気づいた。

このマンションはオートロック。

まずはマンションの敷地内に入るための扉があり、外部から来た者は最初にその扉を開けてもらわなければ居住者に会えない。

そして居住者各々の部屋にも個別のインターホンが備え付けてあるのだが、オートロックと個別のインターホンの音はそれぞれ違う。

今鳴り響いたのは、俺の部屋の前にあるインターホンの音だ。

つまり、玄関先に誰かが来ているということ。

玲《れい》が戻ってきたのかもしれない――。

そう思った俺は、すぐに玄関扉を開けた。

「玲!?」

「……ごめんね、レイじゃなくて」

「え、あ……み、ミア？」

玄関先にいたのは、ラフな格好をしたミアだった。

そしてその隣には、見覚えのある赤髪が立っている。

「ちょっとお邪魔するわよ、りんたろー」

「なっ……！　ちょっと待ってくれ！　今から俺は玲を捜しに――」

「そのことについて話があるから、さっさと中に戻って」

「……っ」

カノンに胸を押され、俺は部屋の中へと戻された。

そして訳が分からないまま、突如として訪ねてきた二人によってリビングに置かれたソファーに座らされる。

「先にこれだけは伝えておこうと思うんだけど、レイのことならひとまず心配しなくていいよ。ボクがコンビニから帰ってきた時にたまたまそこの廊下で鉢合わせてね。様子がおかしかったものだから、ひとまずボクの部屋で休ませてる。……本人も自分の感情に振り回されて、訳が分からない状態だったみたいだからね」

「そ、そうか……」

「ボクらは、どうしてレイがそんな状態になってしまったのかを聞きに来た。よかったら聞かせてくれないかな」

ミアとカノンの視線が俺を貫く。

よかったらとは言いつつも、二人は俺から事情を聞くまで帰ろうとはしないだろう。

冷静になって考えれば、この話は彼女らにも関係のある話。

俺はさっきの玲との会話を、包み隠さず二人に伝えることにした。


「……なるほどね、あの時頭がすっきりしたって言ってたのは、レイから離れるって選択肢を思いついたからなのね」

「ああ、そうだ」

「だとしたら……えいっ」

「あだっ!?」

突然、俺の額にカノンのデコピンが炸裂《さくれつ》した。

思いがけぬ痛みに動揺していると、カノンは俺の胸倉を摑《つか》んで顔を寄せてくる。

「あんたのやろうとしていることは多分間違っていないし、あたしたちからしてもそうしてもらえるのは正直すごく助かるわ。炎上ネタなんて、一つでも少ない方が安心して過ごせるもの。でもね……」

「……」

「女心ってやつは複雑なのよ。レイだってあんたの提案が間違っていないことくらい分かってる。だけど感情がそれを受け入れたくないって訴えるから、頭と心がチグハグになって苦しんでるのよ。今のデコピンは、レイを苦しめていることに対しての制裁。よかったわね、あんたの考えが間違ってなくて。もしそれも間違っているようなら、デコピンじゃ絶対に済ませなかったわ」

「……ああ」

俺がシャンとしたのを見て、カノンは手を離す。

自分の考え自体は間違っていない。

その事実が土台となり、俺はようやく状況を正しく呑《の》み込めた。

「最後にこれだけは言っとくけど……あんたは何も悪くないわ。当たっちゃってごめん」

「……いや、むしろ助かったよ」

俺は自分が冴《さ》えているとは思わないし、思えない。

見栄《みえ》を張って大人っぽく振る舞うことはあれど、本当に大人というわけではない。

自分はまだまだ〝学び〟の中にいる。

正しさだけがすべてを解決するとは限らないことを、俺は今日知ることができた。

「ボクはまだすべての事情を聞いたわけじゃないけど、君は悪くないってことくらいは分かるよ。そしてレイも、ボクらも悪くない。悪いのは君に降りかかっている理不尽だろう？　君がそれをなんとかしたいと思っているなら、ボクらも協力したいんだ」

「それは……助かるけどさ」

しかし実際のところ、距離を取る以外の方法は存在するのだろうか？

玲、またはミアでもカノンでも、俺が彼女たちと共にいるところを写真に撮られないようにするというだけなら、お互いに示し合わせて気を付け合うことで可能かもしれない。

しかし同じマンションに住んでいる以上、どうしても物理的な距離を誤魔化し続けるのは難しい。

帰りが一緒になるとか、朝にマンションを出る時間が被《かぶ》ったりすることも危険なわけで。

毎日毎日ビクビクしながら生きるなんて、そんなの絶対に健全ではない。

「ひとまず、レイも一緒に四人で話さない？　ボクらとしても複雑な話になったら共有が難しいし、レイも仲間はずれは嫌だろうし」

「そうだな……」

「凛太郎君。もちろん君が連れてきてくれるよね？」

「……分かってるよ」

ミアは、俺に玲と話す時間をくれようとしている。

俺もそれを理解した上で、その頼みに乗っかった。

「これだけは覚えておきなさい、りんたろー。二人の間にどういう事情があっても、どういう関係だったとしても、女を泣かせちゃったら男の負けよ」

「なんつー理不尽な話だよ、それ」

「世の中理不尽なことだらけ、でしょ？」

「……ああ、そうだな」

俺は苦笑をこぼして、自分の部屋を後にする。

そう、この世は理不尽だらけ。

玲の気持ちも、この二人の気持ちも、天宮司《てんぐうじ》の考えも、そして……俺の気持ちや考えも。

すべて各々の相手からすれば理不尽の塊。

改めてそれを理解した俺にできることは、精々振り回されないよう、自分の理不尽を曲げないようにすることだけだ。

◇◆◇

玲はミアの部屋にいる。

自分の部屋を出た俺は、そのままミアの部屋のインターホンを押した。

「……」

少しの沈黙の後、部屋の扉がゆっくりと開いていく。

「凛太郎……」

「よお、さっきは悪かった」

俺は玲に対して頭を下げた。

共用部である廊下で頭を下げるだなんて少々迷惑な話かもしれないが、このフロアは俺たちしか使わない部分だから大目に見てもらいたい。

「凛太郎《りんたろう》は悪くない……むしろ、私の方が取り乱してごめん。今辛《つら》い状況にいるのは、絶対凛太郎なのに」

「確かにまあ、俺の置かれてる状況はいいとは言えねぇけど……俺にとってはそういう状況ってだけで、人から見れば贅沢《ぜいたく》な話かもしれねぇしな」

天宮司柚香《ゆずか》は、男から見て抜群の美少女だ。

持つべき者というやつだろう。

その美貌は、ミルスタの三人と比べても見劣ることはない。

そんな彼女と婚約できるというなら、無条件で飛びつくという男は何人でもいそうだ。

「だけど、俺は今のこの状況から抜け出したい。だから……玲、お前にも協力してほしいんだ。この先も、ずっと一緒にいるために」

「……っ」

離れたくないから、今は離れるということも選択肢に入れる。

難しい話に聞こえるが、事は単純だ。

協力という言葉、これが大事になってくる気がする。

「……うん、分かった。凛太郎のためなら、協力する」

「ああ……ありがとう」

「私は凛太郎とずっと一緒にいたい。長く、長く、一緒にいたい。だから仮に今離れなくちゃいけなくなっても、それが今後のためになるなら受け入れる」

そう告げる玲の目は、すでに覚悟が決まっているように見えた。

そんな彼女を見て、俺の胸には何か熱いものが込み上げてくる。

「……ミアもカノンも、今回のことに協力してくれるみたいだ。今から少し話せるか？　できれば知恵を貸してほしい」

「分かった。少しでも上手《うま》い方法がないか、考えてみる」

玲が俺の方に手を伸ばす。

俺はその手を取り、彼女をミアの部屋から連れ出した。


「あ……凛太郎君。レイは？」

「ああ、連れてきたよ」

自分の部屋に戻った俺は、ミアとカノンが待つリビングに玲と共に入った。

二人の前に立った玲は、申し訳なさそうな表情を浮かべ二人に向かって頭を下げる。

「ごめん、心配かけた」

「べっつに？　あたしはそんなに心配してたってわけじゃないけど……でも、大丈夫なのね？　あんたらは」

「うん。もう大丈夫」

「そ。ならいいわ」

なんだかんだ心配してくれていたであろうカノンは、そんな玲《れい》からの返答を受けて顔を逸《そ》らした。

言葉だけは素直になり切れていないが、その態度を見れば一瞬にして本心が理解できる。

ともあれ、俺たちはこうして四人で集まることができた。

「じゃあ、話し合おうか。ボクらの今後の話について」

「……そう言われるとめちゃくちゃ重い話に感じねぇか？」

「何を言っているんだ、凛太郎君。ボクらと君の関係の危機なんだよ？　重い話になるに決まっているじゃないか」

「いや……まあそれは確かに？」

具体的な話は俺と玲の距離感についてだと思っていたのだが、はて？

ともあれ結局たどり着くはずの結論は同じだろう。

細かい部分は一旦置いておいて、俺は先を促した。

「まず問題なのは、天宮司柚香というボクらと同世代の女の子が凛太郎君を狙っているということ」

「「っ……」」

ミアがそう告げた途端、部屋の空気がどういうわけだかヒリついたように感じられた。

何故《なぜ》だろう。

同じテーマについて話し合っているはずなのに、変なすれ違いを感じる。

「これは由々《ゆゆ》しき事態だよね。しかもその天宮司さんは、凛太郎君を手に入れるためにボクらの弱みを握ってくるかもしれないときた。このままじゃ凛太郎君も、そしてボクらも不幸な目に遭う」

「厄介な相手ねぇ……天宮司なんて言ったら、あたしらでも知ってるような大企業だし」

「うん。アイドルであるボクらの武器は、拡散力や知名度。だけど向こうは知名度や拡散力に加えて、人をたくさん動かすことができる。もしも凛太郎君の周囲を四六時中見張られてしまうようなことがあれば、ボクらはこの先ずっと凛太郎君とデートができないね」

一体こいつらはなんの話をしているのだろうか――。

「それは困る」

「ボクもさ。徐々にボクらの変装スキルも上がってきているとはいえ、最初から疑ってかかられたら誤魔化し切れる自信はない。二人もそうだよね？」

ミアの問いかけに、二人は頷《うなず》く。

「たとえ凛太郎君がボクらと一旦距離を置くといっても、無限にそれが続くようであればボクらが困る。ボクらが考えるべきことは、見張りがいる前提で会うための方法。それか──天宮司柚香自体をどうにかする方法だね」

「天宮司柚香をどうにかする方法って……まさか、拉致監禁？」

「玲、滅多なことというものじゃないよ。それは最終手段さ」

最終手段でもやめろ。

俺は玲たちに一応そう伝えた。

「まあ拉致監禁は冗談として。要は凛太郎君が絶対に自分のモノにならないと理解させればいい。たとえばもう彼女がいるとか」

「……それで諦める？　向こうは会社単位での関係を狙っているわけでしょ？」

「ボクの主観としては、必要なものは根気だと思う。一般人の女の子が凛太郎君の彼女として立場を主張すれば、天宮司グループだって弱みを握れず交渉に出続けるしかない。立場上多忙を極めることだってあるだろうし、いずれ凛太郎君の懐柔以外の手段を探すようになるんじゃないかな？」

「まあ、一理ありそうではあるわね」

俺もカノンの反応には同意だった。

天宮司グループが志藤《しどう》グループとくっつきたがっていることは分かっている。

その願いを叶《かな》えるための最短手段が、天宮司柚香とこの俺、志藤凜太郎の婚約。

しかしこれはあくまで最短手段であり、唯一の手段というわけではないはずだ。

この手段に効率の悪さを感じれば、すぐに会社に直接アプローチをかける意識に切り替える。

それくらいのことはやってくると思うのだ。

しかしそれならそれで俺にとっては好都合。

会社のために利用されずに済むのなら、多少蔑《ないがし》ろにされようとも気にならない。

「じゃあその恋人役は私がやりたい」

「……あんた、話理解してる？　あたしらの誰かがりんたろーの恋人役になったら、結局弱みを握られるでしょうが！」

「あ……そっか」

「先走るのもいい加減にしなさいよ……まったく」

玲とカノンのやり取りは置いておいて、確かにこの話の難しいところは恋人役をどうするかという部分に集約される。

事情を話せば二階堂《にかいどう》辺りは協力してくれるかもしれないが、柿原《かきはら》と恋人になったばかりの彼女に頼むのはあまりにも酷だ。

柿原にも悪いしな。

野木《のぎ》にも少しだけ可能性を感じるけれど、向こうも向こうで堂本《どうもと》といい関係になっている。

俺の都合で邪魔はしたくない。

こう考えると、俺って本当に女の知り合いが少ないな。

まあミルスタの三人と繋《つな》がりがある時点でお釣りがくるような気もするけど。

「……つーかさ、そもそも恋人役を付ける意味ってあるのか？　別に俺だけが弱みを握られないように立ち回れば済む話なんじゃ」

「はぁ、分かってないわね、あんた。鈍いにもほどがあるんじゃない？」

「な、なんの話だ……？」

「……本当に分かってないならそのままでいいわ。あんたの気が滅入《めい》るだけだと思うし」

「……？」

カノンの言葉の意図を、俺は本当に理解していなかった。

他の二人は分かっているようで、この場で疑問符を浮かべているのは俺だけらしい。

妙な疎外感を覚えつつも、話し合いは進んでいく。

「ともかく、恋人役を見つけるのは大事なことなんだよ、凛太郎君。それも半端な人ではなく、外で忠実にその役柄を演じることができる人が必要なんだ」

「あ、ああ……分かったよ」

「うん。そしてどうにかその人を見繕いたいんだけど、結構人選は困るよね。最悪ボクらの学校の人たちも視野に入れていかないといけないかもしれない」

ミアたちの考えとしては、できる限り俺の身近な人間であることが望ましいらしい。

まあ、それはそうだろう。

向こうは俺の交友関係まで漁《あさ》ってくるかもしれないし、あまりにも関係がなかった人物と俺が恋人関係を主張したとしても、リアリティがない。

最初から恋人関係に対して疑いをかけられれば誤魔化し切れる自信は皆無だ。

だから〝恋人になってもおかしくない者〟に頼むことが望ましい。

分かっている、それが一番難しいことくらい。

こんなことになるくらいならもっと女遊びをしておけばよかった。

もちろんそんなことできるはずもなかったんだが。

「それに加えて重要なことが一つあるよね」

「え？」

「凛太郎君の疑似恋人になったとして、本当に惚《ほ》れちゃうような子は避ける。おそらくこれが一番重要さ」

「……」

そうかなぁ？

今は選《よ》り好《ごの》みしている場合でもない気がするのだが。

むしろそんなことにはならない女ばかりだと思うし――――。

「それについてはあたしも同意ね。面倒が増えるだけだわ」

「私も、右に同じ」

しかしどうやら、この三人としては無視できる要素ではないらしい。

「凛太郎《りんたろう》君」

「……なんだよ」

「ボクが聞いている限り、その天宮司《てんぐうじ》柚香《ゆずか》という子は直感で動くタイプではないように思えたんだけど、違う？」

「それは……分からねぇけど、その印象自体は俺が持っているものと同じだ」

「そう、なら外れてるってわけでもなさそうだね」

「その性格が何になるんだ？」

「最初から力技で凛太郎君の情報を手に入れようとするかどうか……それが分かるだけで、恋人役探しの猶予が決まるだろう？」

「……なるほどな」

恋人探しという部分はともかく、こちらが対策を取るまでの時間的猶予の把握は大事だ。

向こうだって言い逃れが難しいレベルの悪事を働くのは避けたいはず。

たとえば盗聴器や監視カメラの設置。

これらは限りなく〝黒〟と言われる行為で、間違いなく犯罪である。

天宮司グループの力を使えばある程度の揉《も》み消《け》しや誤魔化しは可能と予想しているが、それらはおそらく最終手段だ。

俺から見た天宮司柚香は、決して間抜けではない。

最初から強硬手段に出るようなことはまずないと考えていい。

ひと月か、ふた月か。

きっとあらゆる手段を挟んだ後、そういった綱渡りを決行してくると身構えておいた方がいい。


——ここで一つだけ、自虐的な話。


自分で言うことではないかもしれないが、いくら会社同士の繋がりを求めているとは言え、俺自身に犯罪に手を染めてまで手に入れるだけの価値はないと思っている。

ただ、引っ掛かるのは天宮司柚香のどこか焦った様子。

もしかすると、天宮司グループは外からは見えない危機に晒《さら》されているのかもしれない。

この予想が合っていれば、向こうがどんな手段を用いてきても動機は揃《そろ》っていることになる。

目的意識がはっきりしている大企業に対し、俺は上手《うま》く立ち回れるのだろうか……。

(……いや、やるしかねぇんだよな)

玲《れい》と出会う前の俺なら、もうすでに諦めていたかもしれない。

しかし、俺はもう知ってしまった。

彼女たちと共に過ごす楽しさ。

そして彼女たちの優しさ、温かさを。

俺に居場所をくれたこいつらを守る。

会社のこととか、親父《おやじ》のこととか、そういうものは一旦後回しだ。

強い目的意識。

それは大きな選択を迫られた時、自分を支える武器になってくれる――――気がする。

俺たちの決めたことは、以下の通りだ。

ひとつ、校外での接触、主に俺と玲に関しては今まで通りを心掛けること。

元々俺たちはクラスメイトであり、コミュニケーションを取る機会は避けられない。

変にその機会を減らそうとすれば不自然さが出るし、玲にそれを誤魔化せるとも思えなかった。

だからここはいつも通り。

大きく変わるのは、ミアとカノンと外で鉢合わせてもスルーしなければならないという点。

俺たちは知らない者同士――――そういう体《てい》でいく。

ふたつ、外出時間をずらす。

同じマンションに俺とミルスタの三人が住んでいることは、おそらくすぐに気付かれる。

守り抜かなければならない情報は、俺たちが部屋同士を行き来していること。

同じフロアに住んでいることも、できれば知られない方がいい。

俺は家を出る時間、そして帰宅する時間を常に玲たちに伝え、彼女たちはそれに合わせて出発時間や帰宅時間を調整する。

だいぶ面倒臭い取り決めではあるが、三人は快く了承してくれた。

みっつ、俺の恋人役を一週間以内に見当づける。

一週間というのは、仮の期限。

天宮司グループの出方次第ではもう少し伸びるだろう。

今のところ一週間であれば向こうも大胆な攻め方はできないだろうという予想の下《もと》、まだ自由に動けそうな期間として設定した。

「――――よし」

以上のことを頭の中に刻み込み、俺は学校へ行くために部屋を出る。

時刻はいつもの家を出るタイミングよりも少し早い。

玲には普段通りの時刻に家を出てほしいため、俺の方がズラした次第である。

一応、マンションを出てから何気なく周囲を確認してみるが、出待ちをしているような人物は確認できなかった。

とはいえ物影がゼロというわけではないし、近くの建物の中に潜まれたら分かりようがない。

「疑心暗鬼になりそうだ……」

早く解放されたい。

そんなことを願いながら、電車に乗る。

今のところ、恋人役をお願いするに当たって目星をつけているのは、優月《ゆづき》先生の仕事場にいるアシスタントの女性。

名前は赤沢《あかざわ》さん。歳《とし》は二十四歳で、アシスタント歴は二年。

俺とも一年以上の顔見知りだし、年齢差はあれど俺の歳で年上に憧れるというのは不自然な話じゃない。

天宮司柚香が見ても、強い違和感は抱かないだろう。

赤沢さんに頼む件に関しては、優月先生を通すつもりだ。

だいぶ失礼なお願いになるし、まず優月先生がＯＫを出さない限りは動かない――

今のところはそう決めている。


つつがなく学校へと到着した俺は、まだ人気が少ない教室に入り、自分の席に腰を落とした。

正直、登校してきただけなのにドッと疲れている。

人の視線一つ一つが気になってしまい、ずっと妙に落ち着かないのだ。

このままではいつか心もおかしくなってしまう気がする。

そうなったら慰謝料でも請求してやろうか、マジで。

「あれ、珍しいね、凛太郎がこの時間にいるの」

気を紛らわせるために外を眺めていた俺は、聞き覚えのある声を聞いて振り返る。

そこには今登校してきたばかりの雪緒《ゆきお》がいた。

我が親友の登場に、俺はどことなく安心感を覚え、小さく息を漏らす。

「まあ、たまには早い時間に来てみても面白いかなって思ってさ」

「……」

「……なんだよ」

俺は突然ジト目で俺を見始めた雪緒に問いかけた。

「凛太郎、何か誤魔化している時の顔してる」

「そ、そんなの分かるわけないだろ？」

「いや、長年一緒に過ごしてきた僕なら分かるよ。何か早く来ないといけない事情があったんじゃない？　僕の知っている凛太郎は、突発的な興味で動くような人じゃないもん」

「……」

相変わらずエスパーみたいな奴《やつ》だな、こいつは。

概《おおむ》ね図星を突かれてしまった俺は、思わず黙りこくる。

そしてそれは、雪緒にとっては肯定と判断するに十分な材料となってしまった。

「何かあった？　まだ一時間目まで暇があるし、話せることなら聞くよ？」

雪緒の提案は、自分の頭の中にはなかったものだった。

こいつは俺の数少ない友人の中でもっとも頼れる存在。

玲たちのことで夢中になり過ぎていた俺は、そんな大事なことすら忘れていたらしい。

「……ちょっと複雑な状況になっちまって、少し聞いてもらいたいんだが、いいか？」

「うん。僕でよければいくらでも」

持つべきものは親友。

周りに声が聞こえないであろう教室の隅に場所を移し、俺は雪緒に対して現状をすべて伝えることにした。


「――――だいぶ追い詰められてるみたいだね」

俺から大体の話を聞いた雪緒は、いつの間にか神妙な顔つきになっていた。

追いつめられていると言われれば、まあ、その通りなのだろう。

ただ自分で口にしていて思うのだが、正直あまりにもリアリティがない。

声に出して状況を整理したことで改めてそう思う。

「可能性はあんまり高くねぇけど、お前にも何かしら迷惑がかかるかもしれねぇ。その時はすまん」

「謝罪は何かあった時でいいよ。それに何かあったとしても迷惑だとは思わないしね。強いて言うなら、君が僕に話しもせず勝手にどうにかなっちゃった時が一番怒るかな」

「うっ……」

雪緒の奴、俺がすぐに状況を伝えなかったことを根に持っているな。

これに関しては全面的に俺が悪い。

雪緒の立場だったら、俺に対してやっぱり小言の一つでもこぼしていたと思う。

「でも、恋人役探しか……それは難儀しそうだね。凛太郎《りんたろう》は女子の友達少ないし」

「言ってくれるぜ……まあ事実だけどさ」

「……僕の方でも探してみようか？　だいぶ失礼な扱いになっちゃうけど、僕がお願いしたら動いてくれそうな女の子は何人かいると思う」

確かに、雪緒はそのビジュアルの良さのせいで女子から相当な人気がある。

お世辞にも男らしい外見はしていないものの、むしろそれに威圧感を覚えずに済んでありがたいという気弱な女子がたくさん近づいてくるのだ。

今年の頭からまた時間が経《た》った結果、どうやら宗教的なハマり方をしている女子もいるとかいないとか――――。

「……こっちも手段を選んでいられないって時が来たら頼むかもしれねぇけど、それはもう奥の手中の奥の手だな。できればそういうのには頼りたくねぇ」

「だよね……」

雪緒は苦笑いを浮かべている。

関係ない人間を無理やり巻き込んでしまうくらいなら、玲たちから一旦距離を取って生活する方がマシだ。

玲たちだって、そこの認識は共通している。

「結局のところ、信憑性《しんぴょうせい》だって大事になるもんね。傍《はた》から見て怪しいって思われちゃ意味ないか」

「そういうことだな」

「……ひとまず、何か力になれそうなことがあればすぐに言ってね。僕でよければいくらでも協力するからさ」

「ああ、頼りにしてるよ」

これまでの人生、いつだって雪緒は側《そば》にいてくれた。

きっとこれからも頼ったり頼られたり、ずっと近くで生きていくことになるだろう。

――そんな風に思っていた雪緒との関係性が変わってしまうのは、もう間もなくのことだった。

◇◆◇

授業はつつがなく終わり、時間帯は放課後へ。

部活動などに所属していない俺は当然この後帰らなければならないのだが、それはそれで少々憂鬱だ。

帰りたくないというわけではないが、帰るのが面倒臭い。

どうしてただ外を歩くだけなのに周囲に気を遣わなければならないのだろう。

吹っ切れつつあるつもりだったが、こうなるとさすがに自分の家庭事情を疎ましく思ってしまう。

しかしまあ、うじうじと留《とど》まっているわけにもいかないわけで――――。

「はぁ……」

俺は盛大にため息を吐《つ》きながら、下駄箱《げたばこ》から靴を取り出した。

一応言っておくと、玲《れい》とは取り決め通り帰るタイミングをずらしている。

元々一緒に帰るような真似《まね》はしていなかったが、念のためいつもよりも気持ち多めに時間をずらしておいた。

というわけで今日もいつも通り雪緒と帰る予定だったのだが、なんでもあいつは少し用があるとかなんとか。

そんなに時間もかからないというから、ひとまず校門のところで待っているつもりなのだが……。

「……ん？」

校門の方へと歩いていくと、一台の車が止まっていることに気づく。

パッと見は高級車。

誰かの迎えだろうか？　そんな風に楽観的に考えていた俺は、車のドアを開けて出てきた人間の顔を見て眉をひそめた。

その人物は、まったくもって悪びれる様子もなく俺の方をジッと見つめている。

どう考えても、俺のことを待っていたようだった。

「学校、お疲れ様です。りん君」

「……天宮司《てんぐうじ》」

俺を困らせている元凶、天宮司柚香《ゆずか》。

彼女は前に会った時と違い、質のいい制服を身に纏っていた。

おそらくどこかのお嬢様学園の制服だろう。

一般的である俺たちの学校の物とは一線を画しているように見えた。

「なんの用だ」

「そうツンケンしなくてもいいじゃないですか。私たちは未来の夫婦なんですから」

「……」

俺の家柄にしか興味がないくせに、何が夫婦だ、白々しい。

そんな言葉を込めた俺の嫌悪感丸出しの顔を見ても、天宮司はまったくもって動じた様子を見せない。

芯が通っているというのは大変素晴らしいことだと思うが、俺の意見を無視するという意思と解釈すると、これほど迷惑なことはなかった。

「これからお茶でもどうでしょうか？　せっかく再会できたわけですし、仲を深めるというのも必要なことだと思うのですが」

「……勘弁してくれよ」

俺は漏れそうになった舌打ちを懸命に堪《こら》えた。

周囲から視線が集まり始めている。

校門前でこんなやり取りをしていれば、そりゃ注目も浴びるはずだ。

このままでは俺の学校での評判もおかしなことになる。

（くそ……どうすっかな）

まさかこんなに早く行動を起こすとは思っていなかった。

監視をつけるとかそういう強行手段でなかっただけマシだが、シンプルにこれはいい迷惑でしかない。

まず天宮司は外見がいい。

加えて着ている制服、さらには後ろに止められている高級車まで、目立つ要素だけで構成されている。

そんな人間と会話していれば、相手である俺までつられて目立ってしまうわけで。

なんとしても切り抜けなければ、俺を取り巻く周囲の環境が変わってしまうかもしれない。

本当に、余計なことばかりしてくれるもんだ。

「……悪いけど、今日は真《ま》っ直《す》ぐ帰りたいんだ。また別の機会にしてくれないかな」

「そう連れないことを言わないでください。せっかくあなたの婚約者になれたのに寂しいじゃないですか」

「……っ」

こいつ、俺のやられて嫌なことを理解してやがる。

要は外堀から埋めようとしているわけだ。

単純すぎて、このやり方は逆に思いつかなかった。

自分が志藤《しどう》凛太郎の婚約者であると言いふらせば、表で天宮司を邪険に扱った時点で俺の評判はよくないものになる。

周囲の目など気にしないで生きていけたらそれが一番楽なんだろうが、余計なトラブルが発生する確率を少しでも下げたいと考える俺としては最悪の状況だ。

弱みを握りに来るなんてリスクが伴う方法よりも、よほど有効な手段である。

幸いまだ周囲に親しい奴《やつ》の姿はない。

しかし噂《うわさ》が広まるのはもう避けられないだろう。

今は少しでも迅速にここから立ち去らなければ――。

「駅前に紅茶がとても美味《おい》しいカフェがあるんです。私の行きつけなので、ぜひ一緒に行きましょうよ」

「悪いけど……そんな高そうなところに行く金はないよ」

「確かに値段は安くありませんが……りん君であれば容易に払える額だと思いますよ？」

天宮司は俺の言っていることがまったく理解できないといった様子で首を傾《かし》げている。

まあ、普通に考えたら天宮司の方が正しい。

志藤グループの息子が、まさか親から小遣いを一銭ももらっていないとは思うまい。

俺だって、まったく無関係な立場だったとしたら違和感を抱くことだろう。

ただ、まあ、持っていない物は持っていないのだ。

あの親父《おやじ》に金をせびるなんて、冗談じゃない。

そんな弱みは見せたくない。

「そんな風に言われても、毎月余裕を持って過ごしているってわけじゃないんだ。高い店には行けねぇ――――じゃなかった、行けないよ」

「……でしたら、お代は私の方で出しますよ。それならば来ていただけるでしょう？」

懲りない女だ。

行かないと言っているのに、しつこく粘ってくる。

まあ天宮司としては周りに俺との繋がりを見せつけることができればそれでいいんだろうし、目的はすでに半分以上クリアしているんだろうけど。

さて、どうしたものか。

このまま無理やり帰る、というわけにもいかないだろう。

向こうは車だ。

駅まで走るにしても振り切れやしない。

大人しくついて行けばこの状況からは解放されるだろうが、相手の思惑に乗るのは正直癪《しゃく》に障る。

ともあれ、手詰まりであることも確か――――。

「凛太郎！」

その時、背後から俺を呼ぶ声がした。

聞き覚えのあるその声は、我が親友のもの。

ここに来て登場とは、なんとも粋なことをしてくれる。

俺はこの場においてのスーパーマンを迎えるため、振り返った。

「……は?」

しかし、そこにいたのはスーパーマンなどではなく――――。

「お、お待たせ、凛太郎《りんたろう》」

――女子の制服に身を包んだ、我が親友、稲葉雪緒《いなばゆきお》と同じ顔をした誰かだった。

少なくとも、スーパーマンではなくスーパーウーマンといったところか……。

なんて軽い現実逃避をしていると、雪緒の顔をした女子生徒は俺の顔を覗《のぞ》き込んでくる。

その時の仕草があまりにも愛らしく、思わず跳ねそうになった心臓を懸命に押さえつける羽目になった。

「ど、どうしたの? 凛太郎。体調でも悪い?」

「あ……いや、その……」

雪緒なのだろうか?

いや、雪緒だよな?

雪緒であってくれ。

でも雪緒だとしたら、これは女装ということか?

なーんだ女装かぁ。文化祭の時もやってたじゃないか。

じゃあ雪緒だ。間違いない。

なんて言い聞かせてはみるものの、雪緒に対しあまりにも女子の制服が似合いすぎていて、初めから女だったのではないかと疑いそうになる。

俺が見ていたものは一体なんだったのだろう。

一体何が、本当なのだろうか――。

「あ、あなたは……？」

「僕？……じゃなかった、私のこと？」

俺が何も言えずにいる間に、天宮司の方がたまらずに質問を投げかけた。

雪緒は妙な取り繕いを見せた後、意を決した様子で再び口を開く。

「わ、私は！　凛太郎のこっ……恋人です！」

……何言ってるんだろう、こいつ。

頭おかしくなっちゃったのかな？

「こ、恋人……!?」

「そ、そうさ！　僕……じゃない！　私は凛太郎の恋人だよ！」

少なからず驚いた様子を見せる天宮司。

正直、驚きたいのはこっちだ。

あの雪緒が俺の恋人？　そんな関係になった記憶は一切ない。

「おい……！　どういうつもりだ！」

「だって……！　凛太郎には今恋人が必要なんでしょ!?」

小声での問いにそう返されてしまった俺は、グッと黙る羽目になった。

確かに今、俺は恋人を求めている。

もちろん本物の恋人ではないものの、本物と差し支えないくらい仲がいいように見せられる存在が必要だ。

その相手として、雪緒はこの上ない人材。

ただ、男であることを除けば――――。

（しかし……よく考えろ俺）

改めて雪緒を見てみる。

ワイシャツの上から肌色のカーディガンを着て、袖は少々余裕を持たせていわゆる〝萌《も》え袖〟というやつになっていた。

そして短めなスカートに、絶対領域を生み出すニーハイを穿《は》いている。

うーん、女子すぎる。

女子よりも女子と言っていいかもしれない。

ていうか本当に男だったのだろうか？

疑うべきポイントはこれまでもいくらかあったんじゃないのか？

もう女子ってことにする？

ああ、もうそうしようか。

「……ごめんね、天宮司《てんぐうじ》さん。俺、これからデートなんだ」

「へ？」

俺はとっさに雪緒の肩を抱き、天宮司に対してアピールをした。

雪緒の方が驚いたような間抜けな声を漏らしているが、今は気にしていられない。

「で、デートですって……!?」

「ああ！　だから悪いけどカフェには付き合えないんだ！　また誘ってくれるかな！」

動揺したのか、天宮司が顔を顰《しか》めた。

勝った――――。

そう確信するには十分なインパクト。

当初の計画通りに考えるならば、このまま雪緒と共にここから去ることで、天宮司に対しての牽制《けんせい》になってくれるはず。

「恋人……？　りん君に……恋人……？」

しかし、事はおかしな方向へと進み始めた。

数歩後ずさった天宮司は、何故《なぜ》かその目尻に涙を浮かべ始める。

俺と雪緒がその様子に呆気《あっけ》に取られていると、天宮司はすぐにその涙を拭って俺たちに背を向けた。

「きょ、今日のところは失礼します！　デートのお邪魔はできませんから！　カフェはまた後日お誘いさせてもらいます！」

「あ、おい……！」

妙なことになった。

思わず制止の声を投げかけるが、天宮司の足は止まらない。

そのまま車に戻っていくところを、俺はただ眺めていることしかできなかった。


「――――りん君の、うそつき」


そんな言葉と共に、車の扉が閉められる。

そして彼女を乗せた車は、あっという間に俺たちの前から去っていった。

「な、なんだってんだよ……」

「……これはちょっとだけ、悪いことしちゃったかもね」

「は？　雪緒が罪悪感を覚えるような要素があったか？」

むしろ被害者は俺たちだと思うのだが。

「まあ罪悪感を覚えるってほどのことでもないかもしれないけどさ……凛太郎って、いつも鋭い方なのにたまーに致命的に鈍くなる時があるよね」

「……そうか？」

「あー……というか、フィルターがかかっちゃってるのかもしれないね」

フィルターという言葉を聞いても、俺の中でピンとくるものは存在しなかった。

ひとまず、考えても分からないことは後回し。

今は目先の疑問を解決しよう。

「……で、その格好はなんだよ」

「えへへ、似合う？」

そう言いながら、雪緒は目の前で一回転してみせた。

控えめに言っても、可愛《かわい》らしいことは間違いない。

「似合ってるっていうか似合いすぎてるっていうか……どこからどう見ても女子にしか見えねぇよ」

元々女子っぽかったと言うと機嫌を損ねる可能性があるため、そこはぼかしておく。

「だよね。我ながら似合ってるなーって思ってたんだ」

「まさかとは思うけど、用があるって言ってたのはその制服関係か？」

「そうだよ。まあ……最悪こういうパターンになるかもなーって思って、友達の女の子に中学の頃のいらなくなった制服を改造してもらったんだ。もちろん僕が着るとは伝えてないけど」

ああ、そういえばスカートの柄がこの学校で買える物とは違っている。

ワイシャツとかカーディガンは自前のようだが、確かにスカートには後から手を加えられた跡があった。

「お前は本当に頭が回るな……尊敬するわ」

「えへへ、そんなに褒めても何も返せないよ？」

「今さっきの危機を救ってくれたろ？　それでもう十分すぎるって」

「そっか、凛太郎の役に立てたならよかったよ」

本当にこいつが男でよかった。

仮にも女だったら、俺はとっくにこいつに惚《ほ》れていたかもしれない。

ただまあ、本当に女だったらここまで仲良くもなれていないと思うけど。

……ていうか、本当に男だよな？

「これで少しは引き下がってくれるといいね。……えっと、天宮司さん？　だっけ」

「ああ、そうだな」

向こうが次に打ってくる手として考えられるのは、雪緒の身辺捜査か。

自分たちの目的を果たすべく、俺と雪緒の仲を引き裂こうとしてもなんら不思議ではない。

問題なのは、その過程で雪緒の性別がバレた時。

――――いや、それはそれで俺が男とも恋愛できるタイプだと主張すればいいのか？

同性愛が受け入れられつつある今時、別にそういうタイプの人間であっても責められる謂《いわ》れはない。

周りからの目は少し変わってしまうかもしれないが、表立って〝おかしい〟と否定されることはないはず。

うむ、むしろそう思ってくれた方が楽かもしれない。

天宮司の求婚を断る口実としてはこの上ない武器だ。

「なあ、雪緒。悪いけどほとぼりが冷めるまでその格好で一緒に下校してもらえないか？」

「えっ……ま、まあ、凛太郎が望むなら僕はいいけど」

「けどしばらく人前をその格好で歩くことになるんだぜ？　本当にいいのかよ」

「別にいいよ。君の役に立てるなら楽なもんだし」

「……今度お前の好きなもんいっぱい作ってやるからな」

「あはは、それは十分すぎる報酬だね」

嬉《うれ》しそうに笑う雪緒と共に、俺は帰路についた。

これで状況が大きく好転してくれればいいが――――。

まあ、過度な期待はやめておこう。

◇◆◇

「……大丈夫ですか、柚香《ゆずか》お嬢様」

「ええ……大丈夫です」

高級車の中、運転手から声をかけられた天宮司柚香は、力なき声を返した。

大丈夫と言いつつ、その様子はとてもそうは思えない。

しかし運転手の男は、それ以上踏み込めるだけの立場を持ち合わせていなかった。

(恋人……か)

柚香は窓に頭を預け、外に視線を向ける。

流れる景色を眺めながら、彼女は自分の口から漏れるため息をこらえることができなかった。

「……一つ、質問してもいいですか？」

「え？　あ、は、ハイ！　なんでしょうか！」

自分が仕えている天宮司グループの令嬢から声をかけられた運転手は、驚きで肩を跳ねさせつつもなんとか言葉を返した。

「幼い頃の約束って、いつまで有効だと思いますか？」

「お、幼い頃の約束……とは」

「たとえば、幼馴染《おさななじみ》との将来の約束とか」

運転手の男は、将来の約束と聞いて言葉を詰まらせた。

先程、車の外であった柚香と学生服の男の会話。

ただの運転手でしかない自分は特に事情を聞いているわけではない。

ただそれでも、なんとなく察することができるものはあった。

「そういった約束は結んだことがないのでなんとも言えませんが……約束はどちらかが破らない限り有効なのではないかと……」

「……そう」

ここで運転手は、自分の失言に気づいた。

あの学生服の男が結婚の約束を交わしたその幼馴染なんだとしたら、柚香が信じていたものを否定してしまったのではないか。

雇い主の気分を害せば、自分の立場が危うくなる。

「す、すみません！　今のはその……」

「いえ、いいんです」

運転手の男は慌てて前言を撤回しようとするが、柚香がそれを止めた。

「……りん君が約束を破ったということは、もう、そういうことでしょうから」

柚香は自分の拳をキュッと握る。

「ですが――――これで少し吹っ切れました」

「え？」

「ここからは手段を選びません。りん君に頼らずとも、私はなんとしても志藤《しどう》グループと我が社を統合させてみせます」

確かな闘志を燃やす柚香。

その姿は、とても未成年の少女とは思えない。

「お父様……私は完璧にやってみせますから……」

そう言いながら、柚香は目尻に浮かんだ涙を拭った。

「……つーわけで、しばらく恋人役はこいつにやってもらうことになった」

「「「……」」」

ミルスタの三人は、女子の制服を着た雪緒《ゆきお》を見て黙りこくっていた。

俺の部屋に、しばしの沈黙の時間が流れる。

「……えっと、稲葉《いなば》雪緒です。凛太郎《りんたろう》とは同じクラスで……って、僕を紹介する必要性ってあるの？」

「あるだろ、そりゃ。俺とこいつらの関係が問題になってるんだから、状況は共有していかねぇと」

「そうかもしれないけどさ……いきなり有名人三人の前に突き出される僕の身にもなってほしいっていうか……」

「まあ玲《れい》には会ってるわけだしさ、そんな緊張するなって」

「いつの間にか肝が据わったね……凛太郎」

そんな呆《あき》れたような声で言わなくてもいいじゃないか。

「……同い歳《どし》だし、稲葉君でいいかな？」

「あ、うん。大丈夫だよ」

「分かった。じゃあ、一応ボクたちも自己紹介しとこうか。ボクは宇川美亜《うがわみあ》。ミルフィーユスターズではミアで通ってる。そしてこっちが――」

ミアの視線が、カノンに向けられる。

「カノンこと、日鳥夏音《ひどりかのん》よ。ねぇ、稲葉君？　一つ確認したいんだけど」

「え、何かな」

「その……本当に男の子なのよね？」

「うん、そうだよ」

カノンの目は疑わしい物を見る時のものだった。

まあ初めて会った人間からすればその反応は間違っていない。

だいぶ雪緒に対しては失礼な話だが、そう思われても仕方がない外見をしているわけで。

ていうか本人もだいぶ慣れてしまったのか、しれっとした顔をしている。

その様子には、もはや貫禄《かんろく》すら感じられた。

「ま、まあ？　りんたろーの恋人役としてはこれ以上ない人材なんじゃないかしら？」

「そ、そうだね。今後も凜太郎君の周りのことは稲葉君に任せようか」

そんな風に言いつつ、何故《なぜ》かカノンとミアは複雑そうな表情を浮かべている。

よく分からないが、何か引っかかる部分があったようだ。

「稲葉君。凛太郎のこと頼める？」

「もちろん。そのつもりだからこうして君たちのところに挨拶に来たんだ」

「そう……ありがとう」

「こちらこそ。凛太郎の味方になってくれてありがとうね」

「凛太郎とはこれからもずっと一緒にいる予定。だから私はずっと凛太郎の味方」

「ふ、ふーん……？　僕も凛太郎とはずっと一緒にいる予定だけどね？」

「……ずっと一緒にいるのは私」

「僕だよ」

さっきから俺だけ蚊帳《かや》の外にいる気がする。

どうして玲と雪緒は睨《にら》み合って火花を散らしているんだ。

そんな風にいがみ合う要素はどこにもないだろうに……。

「はいはい、変な喧嘩《けんか》しないで。それよりりんたろー、帰り道にその天宮司《てんぐうじ》さんに待ち伏せされたって話の方を詳しく聞かせてくれないかしら」

「ああ、そっちも大事だしな」

俺は天宮司に待ち伏せされた際の状況を、三人に伝えた。

すると三人の表情が途端に曇っていく。

俺としては状況が好転しているという認識だったため、その様子に思わず首を傾《かし》げてしまった。

「いや……想像以上に鈍いね、凛太郎君」

「ええ、あたしもびっくり」

「……少しだけ、その天宮司さんに同情する」

あれ？　なんだか俺が悪いみたいな空気になっていないか？

そう思って動揺し始めた俺を気遣ってか、慌ててミアが笑顔を取り繕う。

「ま、まあ、状況的に見れば凛太郎君が悪い要素は一つもないからね。君は気にしなくていいと思う。ただ女から見てちょっと気の毒に思う部分があっただけさ」

「そ、そうそう！　他人事《ひとごと》じゃないって感じ？」

よく分からないが、ひとまず二人は俺のことをフォローしてくれているらしい。

隣で玲も必死に頷《うなず》いていることから、本当に俺が責められているというわけではないのだろう。

「でも、そこで天宮司さんが引き下がったってなら、とりあえずは解決ってことでいいのかしら？」

「……そいつは正直分からねぇけど、なんとなく諦めてくれたような気配はあったな」

「はぁ……だとしたら、もう生活もそこまで気にしなくてよさそうね。……案外呆気《あっけ》ない感じ」

呆気ない、確かにカノンの言う通りだ。

これまで色々と呪縛から逃れようと思考を巡らせていたのが馬鹿みたいというか、こんなあっさりと解決してしまうのかという疑問も浮かびつつ、正直疑わしくも思っているというか――。

「もちろん、油断なんかしないでよね」

「分かってるっつーの。もう向こうが俺の私生活を覗《のぞ》こうとしていないって分かるまでは、取り決め通りに生活するし、雪緒に協力してもらうつもりだ」

「ん、分かっているならよし」

こうして、俺たちの話し合いは終わった。

思いのほか呆気なく終わった天宮司の件。

しかし、なんだろうか。

やっぱりまだ、完全に俺との関係が切れたってわけではない気配がする。

別れ際の天宮司の表情と、それに伴ったこいつらの反応。

気にしなくていいと言われても、気にしてしまうのが俺の性《さが》だった。

◇◆◇

雪緒を駅まで送って、ミアとカノンも自分の部屋に戻った後、俺の部屋には俺自身と玲だけが残っていた。

大抵の場合、玲は俺の部屋でダラダラしているため、この絵は決して珍しいものではない。

しかし、どうやら今日は玲の方から何か話があるらしい。

「……んで、話ってなんだ？」

俺は自分と玲の分のコーヒーをテーブルに置きながら、そう問いかけた。

「ん、ありがとう。……話っていうのは、私の家のこと」

「お前の家？」

「凛太郎、私と一緒に……実家に挨拶しに来てほしい」

「ぶっ――――」

吹き出しそうになったコーヒーを、とっさに手で覆って押しとどめる。

それくらい今の玲の発言は、俺にとっては衝撃的な内容だった。

「お、お前……何言って……」

「お母さんが、凛太郎に会いたいって。私のことでお世話になっているからって、お礼がしたいみたい」

「あ、ああ……なんだ、そういうことか」

突然結婚の挨拶をしろってことかと思ったじゃねぇか。

「近いうちに来れない？」

「まあ、予定は全然問題ねぇけど……結局天宮司の件が解決しているかどうか分かってねぇしな」

しかし、よくよく思い出してみれば、玲の父親も大きな会社の経営者だ。

玲個人に対してであればともかく、直接乙咲《おとさき》の家に手を出すような真似《まね》はできないだろう。

いくら天宮司グループの後ろ盾があるとは言え、むやみやたらに敵を作りたいってわけでもないだろうし。

それとこれは俺自身の問題なのだが――――。

玲の父親は、うちの親父《おやじ》と面識がある。

今まで触れてこなかった、いや、触れないようにしていた親父のことを知るためには、いい足掛かりとも言える。

「……分かった、お邪魔させてもらうよ」

「ん、ありがとう。お母さんたちにも伝えておく」

こうして俺は、近いうちに玲の実家へと訪れることになった。

◇◆◇

時間は進み、あっという間に玲の家を訪れる日が来てしまった。

俺は購入した手土産を持って、あいつの家の玄関前に立っている。

もちろんこういう機会が未経験である俺は、いつになく緊張してしまっていた。

「マジで結婚の挨拶みたいじゃねぇか……」

そんなことをぼやきつつ、俺は玲の家を見上げる。

白を基調としたその家はまさしく豪邸で、敷地の広さもかなりのものだ。

雰囲気としては、昔俺が住んでいた家に似ている。

母親と親父と一緒に住んでいたあの家は、今どうなっているのだろうか？

普通に考えれば親父が一人で住んでいるんだろうけど、あの男のことだし、きっとほとんど帰っていないんだろうな――。

（っと、そんなことはどうでもいいよな）

俺は頭を振って余計な思考を追い出した。

そして改めて気合を入れ直し、家のインターホンに手を伸ばす。

ボタンを押せば軽いベルのような音が鳴り響き、その後しばしの沈黙が訪れた。

『……凛太郎《りんたろう》？』

「玲《れい》か？」

『うん、今開ける』

玲の声がしてから、また少し時間が経《た》つ。

すると玄関の扉がガチャリと開き、そこから私服姿の玲が顔を出した。

「凛太郎、こっち」

手招きに応じる形で彼女の下に向かう。

そして招かれるがままに家の中に足を踏み入れると、自分の家では決して感じることができない他人の家特有の香りが感じ取れた。

「ようこそ、乙咲家へ」

「あ、ああ……お邪魔します」

靴を脱ぎ、家の中に上がらせてもらう。

「……あれ？　玲、お前その服――――」

そこでようやく、俺は玲が普段とは少し雰囲気の違った格好をしていることに気づいた。

白い仕立てのいいワンピース。

彼女の私服はラフな物が多いという印象だったのだが、今着ているこれに関してはそのテイストから大きく外れている。

「これはお母さんが選んでくれた。凛太郎が家に来るのに普通の格好じゃ失礼だって」

「……俺に対してそんな気を遣わんでもいいのに」

「どう？　似合ってる？」

「まあ……めちゃくちゃ似合ってるとは思う」

「ん、なら着てよかった」

玲は嬉《うれ》しそうに微笑《ほほえ》むと、手土産を持っていない方の俺の手を取った。

「こっち。リビングで二人とも待ってる」

「っ……ああ」

手を引っ張られ、俺は玲と共にリビングへと足を踏み入れた。

広々としたリビングには大きなテレビがあり、その前に余裕をもって五人は腰掛けられそうなソファーが置いてある。

そしてそのソファーには、玲の父親である乙咲さんが座っていた。

「お父さん、凛太郎を連れてきた」

「おお、よく来てくれた。ようこそ、志藤《しどう》君」

立ち上がって俺を出迎えてくれた乙咲さんに対して、俺は軽く頭を下げる。

「ご無沙汰しております、乙咲さん。今日はお招きいただきありがとうございます」

「いいんだ、呼びつけてしまったのは私たちの方だからね。玲が普段世話になっている分、今日は存分にゆっくりくつろいでいってくれ」

「は、はい……」

くつろいでいけって、中々無茶を仰《おつしや》る。

しかしまあ、歓迎されていることは間違いないらしい。

正直娘の周りに飛び交う悪い虫として忠告されるのではないかと警戒していたのだが、その必要もなさそうだ。

「あ、凜太郎君！　いらっしゃい！　外ちょっと寒かったでしょう？」

「今日はお世話になります、莉々亞《りりあ》さん」

「そんなかしこまった風に言わないで？　凜太郎君にはとことん楽しんでもらいたいの」

「そ、そう言っていただけるのであれば……お言葉に甘えて。あ、これつまらない物なんですけど」

「あら！　そんないいのに！」

俺は手土産を莉々亞さんへと手渡す。

中身が果物のゼリーであることを伝えると、彼女はお礼を言った後に食後に出して共に食べようと笑顔で告げてきた。

「もう少しでご飯ができるから、三人でちょっと待っていて？　本当にすぐできるから！」

「は、はい……お構いなく」

莉々亞さんは心の底から楽しげな様子で、奥にあるキッチンの方へと戻っていく。

緊張でイマイチ感じ取ることができないでいたが、気づくとリビング全体がとてもいい香りに包まれていた。

この香りは、おそらくデミグラスソース。

最近作ったばかりだから、鼻がよく覚えている。

ただ、俺が作った物とはどことなく違うような……？

その正体は分からないのだが、自分が作った物よりもいい香りであることは間違いなさそうだ。

くっ、ちょっと悔しいな。

「凛太郎、こっちで座って待ってよ」

玲にまた手を引かれ、俺は六人掛けのダイニングテーブルの方へ案内された。

そこにはすでに乙咲さんが腰掛けており、そこが普段の彼の定位置であることが分かる。

その隣が、きっと莉々亞さんの席なのだろう。

俺は乙咲さんと向かい合う位置に連れてこられ、そのまま座らされた。

なんだろう、正面から玲の父親と目を合わせることになるのは、ぶっちゃけかなり緊張する。

乙咲さんには本当に申し訳ないのだが、ここに案内してくれたのが玲じゃなかったら嫌がらせを疑っていたところだ。

「志藤君、改めてこんなところまで来てもらってすまなかった」

「あ、いえ……元々この辺に住んでいたんで、別に何も苦労なんて……」

「そうか、前はこの辺りで一人暮らしをしていたんだったな」

「はい……まあ、家族と色々ありまして」

「……だとすると、この前君にかけた言葉は少々無神経だったか」

乙咲さんが言っているのは、前のミルスタのライブで別れ際に俺に対して投げかけた言葉のことだろう。

さすがは志藤グループのご子息だな――。

確かそんな言葉だったと思う。

「正直に言うと……あの時はちょっと驚いたっていうか、不意打ちだったんで、内心動揺していたんですけど……今はもう大丈夫です。あれからまた少し気持ちの整理もついたんで」

「……そうか。それならよかった」

乙咲さんはホッとしたような様子を浮かべると、手元のお茶を口へと運んだ。

オフの時の乙咲さんからは、ずいぶんと優しげな印象を受ける。

スーツを着込んでいる時とは大違いというか、オンオフの切り替えがかなり上手《うま》いのだろう。

俺のような若造から言われるのは心外だろうけど、やはりこの人は成功すべくして成功した人間であるように思えた。

「はーい！　莉々亞特製の煮込みハンバーグですよー！　凛太郎君、今日はたくさん食べていってね！」

「あ、ありがとうございます……」

デミグラスソースの使い道は、煮込みハンバーグだったか。

俺たちの前に、莉々亞さんお手製の料理たちが並んでいく。

煮込みハンバーグの他にも、スープに自家製パン、ラザニアにサラダ。

どれも腹の虫にダイレクトに響くような香りを放っており、莉々亞さんの料理スキルの高さをこれでもかと主張していた。

「お母さんの料理、久しぶり」

「こういう機会でもない限り、忙しくて作ってあげられなかったものね……腕が落ちていないといいんだけど」

「大丈夫、とてもいい匂い」

そのやり取りを聞いて、俺はこの機会の重要性を改めて理解した。

乙咲《おとさき》さんも、それに付き添う莉々亞さんも、普段から多忙を極めている。

二人が玲と俺のために時間を作ってくれたということの事実だけでも、お礼を言わなければならないレベルの話だ。

「さあ、まずは食事からだ。冷めてしまわない内に食べよう」

「そうね！　じゃあ皆で手を合わせましょう！」

ニコニコと明るさを放つ莉々亞さんに釣られ、俺は玲や乙咲さんと共に手を合わせていた。

そして食前の挨拶を終えた俺たちは、そのまま食事に手を付け始める。

「あ……！　美味《おい》しい」

まずは、とスープに口を付けた瞬間、俺は思わずそんな言葉を漏らしていた。

野菜の旨味《うまみ》が溶けだした黄金色のコンソメスープ。

決してもったりとはしていないはずなのに、そのスープの味わいはコクにコクが重なっているかのような重厚な仕上がりになっていた。

市販のコンソメの素《もと》とは違う、長い時間煮込まれたことによってできあがった厚みのある風味。

これはだいぶ手がかかっているだろう。

自分でも作ったことがあるからこそ、なんとなく分かる。

「よかったぁ！　ハンバーグも食べてみて？　自信作なの！」

「はい……！」

言われるがままに、俺はずっと気になっていた煮込みハンバーグに手をつけた。

ナイフで切り分け、フォークで口に運ぶ。

ハンバーグからは肉汁が溢《あふ》れ、絡みついたデミグラスソースが肉の旨味と混ざり合って強いハーモニーを生み出していた。

肉自体にスパイスなどでしっかり味が入っているようで、必要以上にソースをつけなくてもしっかりと味を感じる。

実はこの工夫は意外と大切で、ハンバーグ自体に下味がついていないと、いくらデミグラスソースをかけようがケチャップをかけようが若干薄味に感じてしまうのだ。

肉の臭みを抑えるなんて効果もあるため、料理を始めたての人などはぜひ詳しいやり方を調べてみてほしい。

（ただ……それだけじゃない）

こうして食べてみて、やはり莉々亜さんの煮込みハンバーグには俺が作った物と大きく違う部分があった。

コクと香りが明らかに際立っている。

特にスパイス系の香りや味を強く感じるのだが、決して調味料をただ多く入れたって感じでもない。

何かによってレベルを引き上げられている。

そこまでは分かっているのだが、その先の、何がそうさせているのかという部分がまったく分からなかった。

「凛太郎《りんたろう》君？　もしかしてお口に合わなかった……？」

「あ、いえ！　そういうわけではなくて……」

まずい、あまりにも真剣に考え過ぎて勘違いさせてしまった。

仕方ない。がっつくようであまりやりたくなかったのだが、この際直接聞いてしまおう。

このまま分からない状態でいる方が辛《つら》い。

「あの、このデミグラスソース……自分が作る物よりも遥《はる》かに風味が豊かで味わい深いんですけど、何か特別な材料を使っていたりするんですか？」

「え？」

きょとんとした顔をする莉々亞さん。

彼女は俺の真剣な表情を見て何かを察したようで、あー、と納得したような声を漏らした後に椅子から立ち上がった。

「ちょっと待ってて。見せたい物があるから」

そう告げて、莉々亞さんはキッチンの方へと向かう。

そして戻ってきた彼女は、その手に一本のボトルを持っていた。

「多分凛太郎君が感じた違いっていうのは、このワインが理由じゃないかしら」

「ワイン？」

「ええ。デミグラスソースにはワインが欠かせないでしょう？　だからこのワイン自体も私の口でちゃんと選んだ物を使っているの」

「あ……！」

そうか、完全に盲点だった。

俺は未成年で、どう足掻《あが》いてもワインを飲むことはできない。

故にワインの違いなど、そういったものが理解できないのだ。

デミグラスソースに合うワインを選ぶなんてもっての外。

そもそも購入できるワインに限りがあるし、選択肢などあってないようなもの。

これに関してはもはや努力でどうにかなる部分ではない。

「濃いデミグラスソースを作る時は、このワインみたいに酸味が強すぎない物を使うといいかも。スパイス味も強いから、ナツメグを混ぜてあるハンバーグとの相性もバッチリね」

「そ、そうなんですね……！」

俺は感動していた。

酒という概念はこれから歳《とし》を取ることでようやく理解できるもの。

いつかそれを使いこなせるようになれば、また料理の幅が広がる。

まあ料理に使う酒ってなると数は限られると思うが、別に酒の出番はそこだけじゃない。

たとえば、その料理に合う酒を選べるようになったらどうだろうか？

いずれ酒は嗜《たしな》むことになるだろうし、どうせなら生活を豊かにするために楽しめるようになりたい。

まだまだ俺には成長する余地がある――――。

それがたまらなく嬉《うれ》しい。

「ふふふ、こういう時は可愛《かわい》い顔するのね、凜太郎君は」

「あ……すみません、変にはしゃいじゃって」

「ううん、いいのよ。これでも私、昔は料理に凝ってて、たくさん夫にも食べてもらっていたの。だけど生活が忙しくなってからは手の込んだ料理を作る時間なんて全然なくてね……だから久しぶりに料理の話ができて嬉しいわ」

莉々亞《りりあ》さんは寂しそうに笑っている。

以前、玲《れい》は家で食事をするのが寂しいと言っていた。

両親とも忙しく、共に過ごす時間がない。

それは俺のいた境遇に近い気がして、勝手に親近感を抱いていた。

しかし、本質自体はまるで違う。

この家の中には、確かな愛情と温かさがあった。

羨ましい――――。

またもやそんな感情が芽生えている自分に、思わず驚く。

これまではなかったはずの感情が、いつの間にか俺の中に確立されている。

久しぶりに親父《おやじ》に会ったからだろうか？

なんだかそれはそれで奴《やつ》に影響されている感じがして複雑だが、まあ、この気持ち自体に嘘《うそ》はつけない。

「成人になったら、この家でワインを飲むっていうのはどうかしら？　私も夫もワインを集めるのが趣味なの。奥が深すぎて上澄みしか楽しめないかもしれないけれど、それでも十分楽しいと思うわ」

「ありがたいです。その時はぜひ」

「ふふふ、凛太郎君もワインが好きになれるといいわね。……あっ！　それより今はここにある料理を楽しんで？　特にそのラザニアなんて絶品よ？」

莉々亞さんがテーブルの中央に置かれたラザニアを指し示す。

香りでデミグラスソースに釣られてしまったが、これも確かにめちゃくちゃ美味《うま》そうだ。

俺は一人分を取り皿に載せ、フォークを使って口に運ぶ。

「これもすごい美味しいです……！」

濃厚なチーズとミートソースがラザーニャと呼ばれる薄板状のパスタと絡み合い、上品な旨みを生み出している。

子供が好きな味付けというよりは、どちらかというと少し大人っぽい印象だ。

ミートソースにもワインは使われるし、やはりそれが重要なのだろうか？

もちろんそれだけでは大きな違いは出ないだろうけど、やはり他の食材や調味料との調和がすべてをまとめているのだろう。

「ふふっ、すごく喜んでもらえたようで嬉しいわぁ。ね、玲？」

「え？」

俺は思わず玲の方を見る。

玲はいつの間にか緊張した面持ちで俺を見ていた。

まさかと思い、俺は彼女と手元のラザニアを見比べる。

「これ……玲が作ったのか？」

「うん……もちろんお母さんに手伝ってもらったけど、半分くらいは自分で作った」

「マジか……！」

「凛太郎に普段のお礼をしたくて、お母さんに相談した結果がこれ」

大変上から目線で申し訳ないが、なんだか感動してしまった。

あの家事がまったくできない玲が、料理を作ることができたという事実。

これは紛れもなく成長である。

そしてその成長が、俺のためであるということがとにかく嬉しい。

「……こういう時、料理ができない男は居場所がなくなってしまうな」

俺たちの楽しげな会話を聞いて、乙咲さんが苦笑いを浮かべている。

おっと、確かにずっと乙咲さんを置いてけぼりにしてしまっていた。

「ふふっ、ごめんなさいあなた。凛太郎君が料理好きって聞いてついつい話が弾んでしまったわ」

「いや、今日は志藤《しどう》君をもてなすための会なんだ。彼が楽しめるならそれが一番だよ」

なんとありがたい言葉だろうか。

正直まだまだ莉々亞さんに聞きたいことはたくさんある。

玲の料理についてももっと聞いてやりたいし、まだまだ話題には事欠かない。

ここは乙咲さんの厚意に甘え、今しばらく楽しませてもらおう。

俺が抱えている〝本題〟は、また後で――――。

「自分の父親について知りたい？」

「……はい」

食後、俺はダイニングテーブルを挟んで乙咲《おとさき》さんに質問を投げかけていた。

自分の父親、志藤雄太郎《ゆうたろう》について――。

どう考えても、俺はやはり親父のことを知らな過ぎる。

嫌うなら嫌うで、しっかりとした理由が欲しい。

ちなみに玲と莉々亞さんは、キッチンの方で片付けをしてくれている。

「君と志藤さんの関係については、先ほど概《おおむ》ね聞いた。その上で、君は父親に歩み寄ろうとしているのか？」

「正直、俺も自分が分からなくなってて……親父のことは確かに恨んでいるんですけど、俺は本当に正しくあの人を恨めているのか……その部分がもう不安定になっているというか」

「ふむ……」

乙咲さんはしばらく考え込む様子を見せた。

きっと、俺に対してどう話したものかと気を遣ってくれているのだろう。

その気遣いは、素直にありがたい。

「……志藤さんとの出会いは、それこそ十年ほど前になるか。企業同士の交流会で挨拶をさせてもらったのがきっかけで、互いに顔見知りになった」

「……」

「その時に私は、彼に連れられた君の姿を見た」

「だから俺のことを知っていたんですね」

「ああ。こう言うと君に失礼かもしれないが……パーティーの時に見た君とはかなり印象が違ったせいで、最初は気づかなかったな」

自分が子供の時から大きく変わったことは自覚している。

確か昔の俺はもっと明るくて、目がキラキラと輝いていたはずだ。

まあ、今ではだいぶ目つきが悪くなってしまったわけだが――。

「ともあれ、志藤さんについて私が知っていることはそんなに多くない。仕事人間であることや、常に冷静沈着に物事を判断できるということくらいは君も知っているだろう」

「そう、ですね」

まあ、そうだよな。

別に特別親しいってわけでもないみたいだし、乙咲さんとしてもどうして自分に聞くのだろうと思ったはずだ。

「――ただ」

「……？」

「あのパーティーで、志藤さんは君について話していたよ」

「え？」

俺はその言葉を聞いて、思わずフリーズしてしまった。

あの親父が、俺について話していた？

そんなの、到底信じられることではない。

「会社を経営する者として、私は当時息子を持つ志藤さんを羨ましく思っていたんだ。今となっては玲がいる幸せを噛《か》み締めているが、父親であることと経営者とではやはりそれぞれ違う感覚があってね。そういった部分について、少し話を伺ったんだ」

乙咲さんはどこか懐かしむように目を細めた。

「私はその時、君を会社の後継者にするのかと問いかけた。しかし志藤さんは、『私の我《わが》儘《まま》で息子に跡を継がせるつもりはない』とはっきり告げたんだ」

「跡を継がせるつもりはない……」

「『息子は私と違って、妻の社交的な部分を強く継いでいる。だからきっと私よりも上手《うま》く生きていけるはずだ』――――そんな風にも語っていたな」

なんだよ、それ。

そんな言葉が口から漏れそうになり、俺は思わず手で押さえた。

「社交的であるならばこそ、私はなおさら跡を継がせるべきではないかと思った。しかし志藤さんの中では、その考えは違ったらしい」

「……親父は俺に、何をさせたかったんでしょうか」

「君も、だいぶ考え方が凝り固まっているようだな」

「凝り固まってる？」

「昔の私では理解できなかったが、父親としての経験値を積んだ今なら分かるよ。志藤さんは君に、自由に生きてほしかったんじゃないか？」

自由に生きてほしい。

その言葉が、俺の頭の中にあった疑問と強く結びついた。

親父は本当に俺に会社を継がせたいのか、という疑問。

やはり何度思い返してみても、親父は俺に跡を継ぐようには言ってこなかった。

本当にあの男は、俺に自由に生きてほしいと思っている……？

「まあ志藤さんは私から見ても少々愛想が足りないと思うし、誤解を招きやすい人間だと考えるが、決して人を蔑《ないがし》ろにできる性格ではないはずだ。長らく経営者として他人を見てきた私には、なんとなくそれが分かる」

なんと説得力のある言葉だろう。

乙咲さんは、決して俺を慰めるために言葉を紡いでいない。

その表情を見る限り、少なくとも心の底から思っていることを口にしてくれているように見える。

「ただ、君は跡を継がせようとしてくるから父親を恨んでいるわけではないのだろう？」

「……そうですね。そこだけではないです」

結局、俺が一番親父に対して思っていることは、母親と俺をほったらかしにした恨みだ。

いくら親父が俺のことを考えてくれていたとしても、その事実だけは変わらない。

「うむ……それに関して言えば私も人のことは言えないし、擁護はできないな。存分に責めていいだろう」

「ははは、乙咲さんもそういうこと言うんですね」

「親には親としての責務がある。それがこの世界に新たな命を生み出した者へ課せられる使命だ。意図的ではないにしろ、それを蔑ろにした人間が責められることは仕方のないことだと私は考える」

乙咲さんの言葉は、自身への戒めのようにも聞こえた。

玲《れい》に寂しい想《おも》いをさせてしまったということに対して、やはり強い罪悪感を抱えているのだろう。

「少しは参考になったかな」

「……はい。ありがとうございました」

「これから君はどうしたいんだ？」

「今は自分自身が何をしたいのかいまいち分かっていませんが……近いうちに、親父《おやじ》にもう一度会いに行こうと思いました」

「……そうか」

会って何をするってわけでもない。

奴《やつ》への恨みが消えたわけでもない。

歩み寄りたいとも今は思えない。

それでもやはり、このままにしておくわけにはいかないということだけは分かる。

俺は志藤雄太郎の息子で、奴は志藤凛太郎《りんたろう》の父なのだから。

◇◆◇

「今日は本当にごちそうさまでした」

乙咲家を出た俺は、玄関先まで見送りに来てくれた乙咲さんと莉々亜《りりあ》さんに向かって頭を下げた。

時刻は二十一時に迫ろうといったところ。

お暇《いとま》する時間としては妥当だろう。

「いいのよ、普段玲がお世話になっているお礼だったんだから。また遊びに来てね？

もっとお料理の話がしたいの」

「はい、ぜひ」

乙咲さんとの話を終えた後、俺は莉々亞さんと長らく料理についての話をした。

大人の持つ知識量は子供の俺とは比べ物にならず、どの話も参考になるものばかり。

この先機会に恵まれれば、もっと話を聞きたいと思っていた。

「私たちも中々時間が取れなくて申し訳ないが、君のことは今後も歓迎したいと思っている。また何か困ったことがあれば、気軽に相談してくれ」

「ありがとうございます、そうさせてもらいます」

「……これからも、玲のことをよろしく頼む」

俺は改めて二人に向かって頭を下げた。

玲のことも、この二人のことも、俺は悲しませるわけにはいかない。

そのためにも、俺はまず自分の身の回りのことを解決させなければならないはずだ。

「それじゃあ帰ろう、凛太郎」

「ああ」

俺は玲と共に乙咲家の敷地から外に出て、乙咲さんが呼んでくれたタクシーへと乗り込んだ。

玲に関しては泊まっていけばいいのにと思ったのだが、どうしても俺と一緒に帰りたいと言って聞かないため、こうして共にマンションへと戻ることとなった。

乙咲さんたちも明日は朝が早いようで、結果的にはこの流れでよかったのかもしれないけど。

まあタクシーなら一緒に歩いているところはほとんど見られないはずだし、周囲の目も気にしなくて済む。

（それに……玲にも聞いておかないといけないことがあったし）

俺と玲は、しばらく無言で車に揺られていた。

まずはこの沈黙を破るべく、俺は口を開く。

「ありがとうな、玲。今日は来れてよかった」

「ん、お父さんもお母さんも喜んでいたし、そう言ってくれると私も嬉《うれ》しい」

なんだかんだで、玲との関係が認められているというのは俺にとってすごくありがたいことだ。

本来であれば年頃の娘を歳《とし》の近い男と共に生活させるなんて恐ろしいことであるはず。それを許されているということは、やはりそれなりに俺のことを信頼してくれている証《あかし》だと思う。

「さっき、お父さんと何を話していたの？」

「ん？　ああ、俺の親父のことだよ」

「凛太郎のお父さん？」

「この前乙咲《おとさき》さんが俺の親父と面識があるって言ってたから、詳しく話を聞いてたんだ。……俺、親父のこと全然知らなかったからさ」

俺がそう言うと、玲は少し表情を曇らせた。

「凛太郎、寂しくない？」

「え？　ああ、まあ……昔はそりゃ寂しい思いもしたけど、今は別に。お前らもいてくれるし、孤独とは無縁の生活を送らせてもらってるからな」

「そう言ってくれると私も嬉しいけど……」

玲自身が寂しい思いをしたからこそ、俺のことを心配してくれているのだろう。

こいつは自分のことより俺を優先しようとしている気配がある。

それを嬉しく思いつつも、もっと自分のことを優先してくれてもいいのだが――――という話はまた置いといて。

「なあ、玲」

「なに？」

俺はしばし言葉を詰まらせた後、あることを確かめるために口を開いた。

「十年くらい前、企業のパーティーで……」

――お前は俺と会っているよな？


そう、玲に向かって問いかける。

「……覚えてたの？」

「いや、正確には……思い出したって感じかな」

親父について思い出そうとする過程で、俺は乙咲さんと初めて会ったであろうパーティーのことを回想していた。

どうして忘れていたのだろうか？

いや――忘れていたというより、どこかで俺はあの頃のことを思い出さないようにしていたのだと思う。

今はもう憑《つ》き物《もの》が落ちた気分だ。

鮮明とまではいかないけれど、少しずつ記憶が甦《よみがえ》ってきている。

「あの時、乙咲さんに連れられていた金髪の女の子……それがお前だろ？」

「……うん」

玲はまるで観念した子供のように、小さく頷《うなず》いた。

どうやら俺に責められているとでも思っているらしい。

「表情を曇らせたってことは……こうして俺と再会したのも、やっぱりただの偶然ってわけじゃなさそうだな」

「……うん。私はずっと凛太郎のことを覚えてた。あの日からずっと会いたくて……ずっと捜してた」

「じゃあ、あの日駅で俺と出会ったのも」

「全部が偶然、ってわけじゃない。あそこで見かけたのはたまたま。でも、近づこうとしたのは私の意思」

「……なるほどな」

玲はずっと俺のことを、そしておそらく志藤《しどう》グループの人間であるという過去を知っていた。

何故《なぜ》黙っていたのか、俺はその理由を察することができない。

しかし――――。

「……悪かったな、これまで」

「え?」

「俺が全然自分のことを思い出さなくて、結構もどかしい思いしただろ? だいぶ失礼なことしてたよな……」

久しぶりに再会できたと思ったら、向こうが自分のことを覚えていない。

よく考えなくても、それはずいぶんと切ない話だ。

「――――違うの」

「え？」

「むしろ私は、ずっと凛太郎に謝りたいと思っていた」

少し潤んだ目で、玲は俺を見ていた。

思わず足を止め、俺は彼女の目を見つめ返す。

「確かに凛太郎に忘れられていたことは、少し寂しかった。でも、凛太郎の過去を聞いて、もしも私のせいで思い出したくない記憶を思い出すようなことになったら……私のことを嫌いになってしまうんじゃないかって、ずっと不安だった」

それは、紛れもなく彼女の本心から湧き上がる不安。

今思えば、玲と出会ってから何度か俺は昔を思い出しそうになっていた。

トラウマを思い出しかけて変な夢を見たことだってあったはず。

そういう意味では、確かに玲の不安は少なからず現実になっていた。

「あのパーティーで凛太郎と一緒にケーキを食べたこと……今でも昨日のことみたいに思い出せる。凛太郎が私に食べる喜びを教えてくれた」

「……」

「凛太郎は……昔のことを思い出した今でも、私と一緒にいてくれる？」

こちらを覗《のぞ》き込んでくるような玲の視線。

玲《れい》の不安や後悔、そして期待の感情が押し寄せてくる中、俺は一つため息を吐《つ》いた。

「……馬鹿だな。一々そんなこと聞いてくんな」

「んっ」

俺は玲の頭に手を乗せ、わしゃわしゃと撫《な》でる。

本来女性の髪に触れるなんて行為は決してやらない俺だったが、今はこれくらいの乱雑さが必要な気がした。

「昔のことを思い出せるようになったからって、お前から離れたりはしねぇよ。むしろ、今まで無理に思い出させるような真似《まね》をしないでくれて感謝してる。おかげで、ようやく向き合っていく覚悟ができた」

「向き合う覚悟……？」

「ああ。親父にも、天宮司《てんぐうじ》にも、話さなきゃならないことがたくさんある。まあ……けじめをつけなきゃならないって感じかな」

俺は、過去の清算をしないままにここまで来てしまった。

ずっと自分が生きていくための地盤が固まっていなかったのだ。

今なら、冷静に向き合える気がする。

過去を、母親に置いていかれたトラウマを、今なら乗り越えられる気がするのだ。

「玲、ずっと俺の側《そば》にいてくれ。お前がいると、それだけで元気が出る」

「ほんと……？」

「ああ、こんな時に嘘《うそ》なんて言わねぇよ」

「……嬉しい」

タクシーの中、座席に置いていた俺の手に、玲の手が重なった。

運転手はいるけど、まあ、これくらいはいいだろう。

少なくとも今は、この手を振りほどく気にはなれなかった。

◇◆◇

凛太郎《りんたろう》が乙咲家を訪れた日の昼間。

天宮司柚香《ゆずか》は、再び志藤グループの本社を訪れていた。

アポイントメントを取っていたため簡単に社内に入ることができた柚香は、秘書を一名連れた状態で社長である志藤雄太郎《ゆうたろう》のいる部屋の扉をノックする。

「――――どうぞ」

「失礼いたします」

雄太郎の反応を受け、柚香は室内に足を踏み入れる。

部屋の中には雄太郎と、部下であるソフィアがいた。

雄太郎は来客用のソファーに腰掛け、その対面に座るよう柚香を促す。

「本日はどのようなご用件で？」

「我が社、天宮司グループと、志藤グループの合併案についてお話しさせていただきたく、こうして伺わせていただきました」

「合併案……？」

促されるがままにソファーに腰掛けた柚香は、秘書の鞄《かばん》からいくつかの資料を取り出し、両者の間にあったテーブルの上へと置いた。

雄太郎はそれを手に取り、ページをめくりながら目を通していく。

「改めまして、我々と志藤様が手を取り合えば、日本国内での利益だけでなく……海外からの利益すらもこれまで以上に取り入れることができるようになるはずです。間違いなく双方にメリットがあるんです」

「……話自体は理解しています。ただ、この話はすでにお断りさせていただいていますよね？」

「っ……」

雄太郎の鋭い目つきを受け、柚香は言葉を詰まらせる。

実際のところ、凛太郎との婚約から一旦離れた彼女は、今回の話を志藤グループに持ち掛けていた。

しかし、志藤グループからの返答は〝ＮＯ〟。

雄太郎だけの判断ではなく、各部署が『必ずしもやる必要性はない』と判断していた。

「確かにこの話を進めれば互いが得られる利益も上がる。しかしそれと同時に、自分たちが元々得ていた利益を折半しなければならないというデメリットがある。我が社は我が社だけで十分成長していけるし、あなた方と組むメリットは決して多くないのですよ」

「そ、それは……」

「大体この話をどうして令嬢であるあなたが持ってくるのですか？　ここは営業部の人間か、それこそ社長である天宮司秀介《しゅうすけ》が来るのが常識でしょう。わざわざ子供であるあなたを使う意味が分からない」

雄太郎の言葉は極めて正しい。

本来こうした場に、十七歳の娘がいること自体が不自然だ。

当然の指摘を受けて、柚香は唇を噛《か》む。

「可能であれば、事情を聞かせてもらえませんか」

そう声をかけられた柚香は、観念したかのように小さく息を吐いた。

「……志藤グループ様との合併を願い出たのは、他ならぬ私だからです」

「あなたが？」

「はい……元々、会社の合併の話は他の会社の方と進んでいました。先導していたのはもちろん私の父、天宮司秀介です。――しかし、その話の過程で、私と別会社のご子息の婚約話が出てきました」

「……」

いわゆる、天宮司柚香が志藤凛太郎に持ち掛けたような、政略結婚の話。

彼女はその話を思い出しながら、自分の腕を擦《さす》った。

まるで現実から自分の身を守ろうとしているかのように――。

「ここまで来たらすべてを正直に語らせていただきます。私は……志藤凛太郎様へと恋慕を抱いておりました。故に、先に志藤グループ様との合併を叶《かな》え、凛太郎様と婚約を結ぶことができれば、想《おも》い人《びと》ではない方と結ばれずに済むと考えたのです」

「……なるほど。しかし我が社との関係は不確定要素が多く、合併が叶わない可能性がある以上、前もって合併の話が出ていた会社を切り離すこともできなかったということか」

「はい。表立って父や営業部が志藤グループとの合併に動き出せば、相手会社から手を離されてしまう可能性が高かった……そこで個人で動ける私が直接交渉に伺い、話を通すことができればと」

幸い、柚香は天宮司グループに尽くすべく幼い頃からビジネスの教育を受けていた。

経験不足による拙さはあれど、一人で動こうがある程度のプレゼンはできる。

それをフルに活用した手回し策だったのだ。

「つまるところ……あなたの自身の事情ということですか」

「っ……はい、そうなります」

雄太郎はしばらく考え込むような様子を見せた。

そしてしばしの沈黙の後、彼は再び口を開く。

「そうなると、我が社としてはやはりその話を呑《の》むことはできませんね。こちらの社員たちをあなたの事情に乗せるわけにはいかない」

「……そう、ですよね」

初めから柚香自身も理解していた。

この話は、志藤凜太郎を自分のモノにできなかった時点で詰んでいたのだと。

自分の運命を受け入れるべく、彼女はそっと目を閉じた。

「最後に、さらに個人的な質問をしてもよろしいでしょうか？」

「……何でしょう」

「どうして、ご自分の息子に対して跡取りのような扱いをしないのですか？」

柚香の質問を受けて、雄太郎は口を閉じた。

おかしな質問のようにも思えるが、そういう生き方しか知らない柚香からすれば至極当たり前な疑問。

彼女は知りたいのだ。

自分と志藤《しどう》凛太郎は、一体何が違うのか――。

「私が凛太郎をこの会社に無理やり関わらせない理由、それは……」

それは、今よりももっともっと子供の頃の話。

私はまだ四歳とか、そのくらいだったと思う。

その時の私はまだまだ引っ込み思案で、周りからもすごく大人しい子だと認識されていた。

だから自分の不利益になるようなことを言われても、上手《うま》く言い返すことができなかったのを今でもよく覚えている。

「あー！　ゆずかが花瓶割ったー！」

「え……？」

幼稚園の中にある自分の教室で過ごしていた私に向かって、突然一人の男の子が叫んだ。

当時男の子を怖い存在だと認識していた私は、それだけで驚いてしまい声を詰まらせる。

確かに私は教室の後ろ側にあるロッカーの近くにいた。

そのロッカーの上にみんなで世話していた花瓶が置いてあったのも事実。

しかし、絶対に私はそれに触れていない。

そう、口でも言えたらよかったのに——。

「あ……う……」

「いーけないいけないいけないんだ！　先生に言っちゃおう！」

「ち、ちが……」

後から知ったことだが、この時花瓶を割ったのは、こうして私に意地悪している男の子だったらしい。

要は私に罪を擦《なす》り付けていたのだ。

今となってはなんとも思っていないが、当時のことを考えると酷《ひど》く理不尽な話である。

ともあれ私は、先生を呼びに教室から出て行く男の子を止めることができなかった。

そしてしばらくして、私たちの担任の先生が現れる。

「あらあら……こんなことになっちゃって。皆怪我《けが》はない？」

「先生！　それゆずかが割ったんだよ！」

「……ゆずちゃんが？」

先生の目が私を捉える。

怒られてしまうと思った私は、この時も上手く声を出すことができなかった。

優しい先生だったし、そんな頭ごなしに怒ってくるような人ではないと今では分かる。

ただ当時の私からすれば、大人とは自分の父のように強い言葉で怒鳴ってくる人ばかりと認識していた。

「ゆずちゃんが割っちゃったの？　どうして割っちゃったの？」

「うっ……うう」

何も言えなくなってしまった私を、男の子が冷やかす。

しかし、さてどうしようかと先生が表情を曇らせた瞬間、私の前に別の男の子の背中が飛び込んできた。

「せんせー、花瓶はぼくがゆずちゃんにぶつかった時に割れちゃったんです。だからゆずちゃんは悪くありません」

「え……？」

その男の子――〝りん君〟は、皆の前で堂々とそう言い放った。

りん君はとても賢い子だった。

私が怯《おび》えていることに気づき、できるだけ早くこの空間から解放するため、真犯人であるはずの男の子の発言と矛盾が生まれないように言葉を選んだのだ。

無論、それも今考えれば分かる話であり、当時のりん君が意識してそれをやったかどうかは分からない。

ただ、あの〝志藤凛太郎《りんたろう》〟であれば、それができてもおかしくないと思った。

でなければ、自分は何も関係ないのにわざわざ矢面に立つような真似《まね》はしないはずだから。

「……分かりました。皆怪我してないなら、今回はそれでいいです。次から気を付けてね？　花瓶の破片は危ないんだから」

「はい、ごめんなさい」

頭を下げるりん君に合わせて、私もとっさに頭を下げた。

割れた花瓶を片付ける先生を見ながら、私はホッとして胸を撫《な》でおろす。

怒られずに済んだことで、私は緊張感から解放されていた。

花瓶を割った張本人である男の子も救われたわけだが、さっきからずっと自分とりん君の方をチラチラと見ている。

おそらく今更になって罪悪感が芽生えたのだろう。

とは言えそんなところまで気が利かない当時の私は、彼を無視することになってしまったわけだが。

「大丈夫？　ゆずちゃん」

「うん……だいじょうぶ。でも、りん君が悪い子になっちゃった……」

「そんなのどうってことないよ。怒られなくてよかったね」

りん君は優しく微笑《ほほえ》みながら、私の背中を撫でてくれた。

それがすごく温かくて、優しくて。

今でも昨日のことのように感触を思い出すことができる。

私が彼を、志藤凛太郎を好きになったきっかけだから――。

「何かあったら、ぼくを頼ってよ。絶対にゆずちゃんを助けてあげる！」

「ほんと……？」

「うん！　ぼくがゆずちゃんのヒーローになるよ！」

温かくて、優しくて、強い人。

それが私にとっての志藤凛太郎。

他の男性には感じない、強い安心感を与えてくれる存在。

彼は、今になっても私のヒーローでいてくれるのだろうか？

――いや、そんなわけ、ないですよね。

◇◆◇

玲《れい》の実家を訪れた次の日。

いつも通り学校の授業を受けた俺は、帰り支度をしながら窓の外を見た。

「……」

校門の先に止まっている、黒い車。

おそらく天宮司《てんぐうじ》の物だろう。

この前見た車と同じ物だ。

「今日は来てるんだね、天宮司さん」

隣に並んだ雪緒《ゆきお》が、同じく外を見ながら呟《つぶや》いた。

雪緒はまだ男物の制服を着ているが、この後学校を出る時にはわざわざ女装をしてくれる。

あれからずっと、俺の彼女役をこなし続けてくれているわけだ。

余談だが、最近校内にどのクラスにも属していない可愛《かわい》い女子が歩いているという噂《うわさ》が流れているらしい。

一体誰のことだろうか？

俺はすっとぼけて知らないフリをしておく。

「正直、もう来ないと思ってたんだけどな……気が変わったのかもしれねぇ」

女装した雪緒が登場した段階で、なんとなく天宮司からは諦めの気配を感じていた。

しかしこうして再び現れたということは、何かしら突破口を見つけたか、やけくそになったか――――。

少なくとも、警戒することに越したことはない。

「悪いな、雪緒。着替えてきてくれるか？」

「もちろん。自分から引き受けたことだしね」

そう言いながら、雪緒は着替えを持って教室を出て行った。

なんとも頼りになる親友だこと。

「さて、と」

親友を待っている間に、俺は帰り支度を終わらせる。

家でやらなければならない課題などを鞄《かばん》に詰め、俺は下駄箱《げたばこ》へと歩き出した。

下駄箱でスマホを弄《いじ》りながら待つこと数分。

周りの目を気にするようにこそこそしながら近づいてくる雪緒と合流し、俺たちは校門へと向かった。

「……お待ちしてました、りん君」

「今日はなんの用？」

車から降りてきた天宮司と向かい合う。

隣にいた雪緒は天宮司の姿を見た途端に警戒心を露《あら》わにし、恋人アピールのために俺の腕にしがみついた。

ナイス演出だが、ちょっとくっつき過ぎやしませんか？

「お隣にいる方のこと、少し調べさせてもらいました。稲葉《いなば》雪緒さん、ですよね？」

「……それが何？」

「あなたは戸籍上男性ということになっていますが、本当にりん君の恋人なのですか？」

おっと、いよいよそこに踏み込んでくるか。

「べ、別にいいじゃないか。男同士で付き合ってたって……人を好きになることに性別なんて関係ないよ」

「しかし、この国ではまだ同性での結婚はできませんよね？」

「それくらい知ってるよ。でも、それが何？」

「では、りん君の妻の枠はこの先も空いていることになりますよね？　どうかその枠を譲ってもらえませんか？」

「なっ……!?」

なるほど、そこを突いてくるか。

確かに俺と雪緒が本当に恋人だったとしても、結婚まで至ることは現代日本ではまだ難しい。

そういう意味では結婚相手まで雪緒に担当してもらうことはできないわけだ。

ただ、まあ、これはそういう問題ではなく――――。

「……なんて、冗談です。そんなに身構えないでください、お二人とも」

「じょ、冗談に聞こえなかったよ……」

「りん君との結婚を望んでいるのは本心なので、気持ちだけはこもっていますから。……それより、そろそろ恋人のフリは止《や》めたらどうです？」

「恋人のフリだなんて……！　僕らは──」

「大丈夫です。今更りん君をどうにかしようとするつもりはありませんから」

「……」

雪緒が俺の方に視線を戻す。

どうしようか、そんな疑問を投げかけているのだろう。

俺は一つため息を吐《つ》き、雪緒の背中を軽く叩《たた》いた。

それだけで俺の意図を察してくれた雪緒は、そっと俺の腕から手を離す。

今の天宮司からは、まったく悪意を感じない。

俺をどうにかするつもりは本当にないのだろう。

「俺をどうにかするつもりがないなら、どうしてまたここに来た」

「ふふっ、ようやくまた本来の喋《しゃべ》り方になってくれましたね」

「喧《やかま》しいわ。周りの目があるところじゃ汚い喋り方をしたくないだけだよ」

「場を弁《わきま》えることができる殿方は大変好みですよ」

「だから、茶化すなって。なんの用かって聞いてんだよ」

俺の問いに対し、天宮司はどこか寂しそうな笑みを浮かべた。

そして俺に向かって、突然深々と頭を下げる。

「りん君、どうか今日一日だけ……私に付き合ってはもらえないでしょうか」

「……嫌だと言ったら？」

「大人しく帰ります」

「本当だろうな？」

「ええ、二言《にごん》はありません」

頭を下げたまま、天宮司はそう告げた。

俺はそれを受けて再び大きなため息を吐く。

「……悪いな、雪緒。今日は先に帰ってくれ」

「いいの？」

「ああ、実のところ、俺もこいつと話さないといけないことがあったんだ」

「……分かった。凛太郎がそう言うなら、僕はそれに従うよ」

雪緒はやれやれと言った様子で肩を竦《すく》め、俺から離れていく。

「一応、何かあったら連絡してね！　まだ僕は凛太郎の恋人役のつもりなんだから！」

「ああ、恋人には隠し事しないが俺の信条だからな。終われば色々報告する」

「……分かった。待ってるね」

一人で帰っていく雪緒の背中を、俺は見送る。

本当に奴《やつ》は最高の友人だ。

こうも俺の意図を読み切ってくれる人間なんて、他にいないだろう。

全部終わったら、とびっきり美味《うま》いもんを作ってやらないとな。

「じゃあ、行くか。どっか連れてってくれるんだろ？」

「はい、車にお乗りになってください」

「はいよ」

俺は一つ頷《うなず》き、天宮司と共に車へと乗り込んだ。

中には運転手の男が一人。広々とした車内だが、その他に人影はない。

天宮司が扉を閉めることで、車はゆっくりと発進する。

車内には完全に逃げ場がないし、このままどこかに軟禁されてしまってもどうしようもない状況ではあるが、俺の心はずっと落ち着いていた。

「……稲葉雪緒さん、いい御友人ですね」

「ん？　ああ、最高の親友だよ」

「羨ましい。私にはそう呼べる歳《とし》の近い存在はいませんから」

「天宮司グループの娘なんて言ったら、そりゃ周りの人間もおっかなびっくりだろうよ」

「ふふふ、そうですね。私自身にはそんな強い力なんてないというのに……」

窓の外を眺める天宮司は、寂しげな声でそう呟いた。

何かが少しでも違えば、きっと俺は彼女と同じ立場にいただろう。

あの時母親が出て行かなければ、親父《おやじ》がもう少し厳しい人間であったなら、こんな風にただの高校生として過ごすことはできなかったかもしれない。

「楽しいですか？　一人暮らしの方は」

「……まあな。何においても自由だし。その分自分で全部やらないといけないってのは大変だけど」

「風の噂で家事がすごく得意だと聞きましたよ」

「どこから吹いてんだその風は……まあ、家事は嫌いじゃないからな。将来専業主夫になるために鍛えてるんだ」

「そうなんですね。……では、私と結婚してあなたは専業主夫になるというのはどうですか？　会社の経営は私がしますので」

「ずいぶん魅力的な話だが、会社同士の駒みたいに使われるのはごめんだね」

「残念です。いい案だと思ったのですが」

窓の外から目を逸《そ》らし、天宮司は俺を見て微笑《ほほえ》みを浮かべた。

やはり、俺のことはもうとっくに諦めているようだ。

一見余裕がある言動にも聞き取れるが、本質は違う。

もう俺に対して期待をしていないから、冗談を言えるようになったんだ。

「……それで、これはどこに向かってるんだ？」

「もうすぐ分かりますよ」

天宮司の言う通り、間もなくして車は止まった。

乗っていた時間は十数分といったところか。

それなりの距離を動いたように感じたが――――。

「っ、ここは……」

「覚えていますか？　この場所を」

車から降りて周囲を見回す。

地に足を付けた瞬間、俺はここで起きた色んなことを思い出していた。

「懐かしいな……幼稚園の近くにあった丘の上の公園だろ？　ここ」

「はい、正解です」

車が止まっている場所からさらに進んだところには、緩やかな階段がある。

天宮司と共にそこを上れば、やがて俺たちは展望台のような場所へと出た。

そして奥にある木でできた柵の下まで行けば、そこからは近くの街並みを一通り眺めることができるのだ。

「ははっ、あんまり変わってねぇな」

街並みを見下ろしながら、俺は呟《つぶや》いた。

「よく幼稚園の先生に連れられてここに来ましたよね」

「ああ、たまに弁当とか持たされてここで食ったな」

ここで起きたことが、まるで昨日のことのように思い出せる。

幼稚園のことでもうほとんど忘れてしまったのではないかと心配だったのだが、どうやらその必要はなさそうだ。

これも過去に向き合う覚悟を決めたからだろうか？

だとすると、なんともありがたい副産物である。

「なあ、天宮司《てんぐうじ》」

「はい？」

「あんたから見て、幼稚園の頃の俺ってどんな奴だった？」

「幼稚園の頃のりん君ですか……そうですね、すごくカッコいい男の子って感じ、ですかね」

「……照れるな、そう言われると」

「ふふっ、だっていつも私のことを守ってくれたじゃないですか」

「あの頃は引っ込み思案だったもんな、あんた」

「今だってか弱い女の子ですよ？」

「どの口が言ってんだよ」

会社の命運を背負って他グループの本社に乗り込んでくる女のどこがか弱いってんだ。

まったく、俺の周りの女はみんなタフ過ぎて困る。

こいつも、あいつらも、俺なんかよりよっぽど強い。

「どうしてここに俺を連れてきた？」

「昔からずっとこの場所が好きなので、落ち着いて話ができそうな気がしたのと……ここは、私がりん君と〝約束〟をした特別な場所なので」

「……ああ、そうだったな」

そう。ここは俺と天宮司が将来を誓い合った場所。

大きくなったら恋人になろう、そんな甘酸っぱい契約の場だった。

「っ、思い出したんですか？」

「まあ、別に完全に忘れてたってわけでもなかったんだが……正直、俺も色々余裕がなくてさ」

幼い頃に、自分と甘ずっぱい約束をした子がいる。

そのこと自体は、意外と記憶に残っていた。

「……その、色々と悪かった。怒鳴ったり、お前の気持ちを全く考えなかったり、約束を無視したり」

「え？」

俺は天宮司に向かって頭を下げる。

これまで俺は、天宮司に対して過剰なまでの怒りを覚えていた。

今なら、その怒りの出所が分かる。

それはある種の同族嫌悪――――。

俺は天宮司に対し、自分と近しい感覚を覚えていたのだ。

「今のあんたは、俺にも訪れる可能性のあった〝もしも〟の形だ。俺はきっと、そんなあんたを否定することで、生まれに囚《とら》われた自分を否定したかったんだ」

「……」

「馬鹿な話だよな……ただの八つ当たりにしかならないのに。本当に……間抜けだった」

自分の身勝手で他人を傷つけたことが情けなくて、憎くて、涙が滲《にじ》みそうだった。

こんなにも自分の未熟さを思い知らされたことがかつてあっただろうか？

後悔と罪悪感ばかりが、俺の胸の中に渦巻き始める。

「そ、それを言うなら……私こそ、りん君の気持ちを考えずに結婚を迫ったりして……本当に、すみませんでした」

目の前で、今度は天宮司が頭を下げる。

「いくら切羽詰まっていたとはいえ、あなたの気持ちを蔑《ないがし》ろにしてまで叶《かな》えなければならないことなんてあるはずがないのに……」

「……」

それから天宮司は、自分の周りで起きていることをすべて語ってくれた。

天宮司グループの経営が傾きかけていること。

それを踏まえて別の会社の人間と政略結婚を迫られていたこと。

どうせ結婚をする必要があるのなら、かつて約束を交わした俺と結ばれたいと考えたこと。

そんな彼女の事情たちを、俺はただ黙って聞いていた。

「お父様は昔から私に言い聞かせてきました。『天宮司の娘として生まれたならば、天宮司のために生きろ』と。だから、そうすること以外の生き方を知らなかった……」

「天宮司……」

「りん君と再会する前、私はあなたもきっと同じような環境で生きているのだと思い込んでいました。しかし蓋を開けてみれば……」

「家柄に縛られず、のびのび生きているように見えた、と」

「ふふっ、その通りです。それがどうにも羨ましかった」

天宮司は木の柵に手をついて、少しだけ体を乗り出す。

日没が迫る今、広がる街並みはオレンジ色の光に包まれていた。

「しかし……あなたも、たくさん苦しんでいたんですね。あなたのお父様から聞きました」

「へぇ、そんな話できるんだな、あの親父」

「……私たちはお互いのことを知らな過ぎたようです」

「……ああ、そうだな」

「────りん君」

名前を呼ばれ、俺は天宮司の方へと体を向ける。

天宮司は真《ま》っ直《す》ぐ俺の目を見つめ、真剣な表情を浮かべていた。

俺はこの空間にあった空気が、まったく違うものに変わったことを感じ取る。

「これだけ最後に言わせてください。私は……あなたのことが好きです。幼稚園の頃からずっと……りん君のことが好きなんです。だからこれは、最後のお願いになります」

「……」

「私と────結婚してください」

恋愛を通り越した、プロポーズの申し込み。

一生で一度あるかどうかの重大イベントが、今俺の下へと舞い込んできた。

なんと贅沢《ぜいたく》な話だろう。

しかしながら、俺の答えは決まっていた。

「……悪いけど、あんたの気持ちには応えられない」

最初から最後まで変わらない俺の心。

それを今、ただただ真っ直ぐ、天宮司へと伝えた。

「……ふふっ、分かってはいましたが、少し苦しいものがありますね」

そう言いながら、天宮司の視線は再び街並みの方へと向けられた。

ここで彼女の顔を見続けるのは、野暮というものだろう。

俺も同じように街並みの方へと視線を向け、静かに時が流れるのを待った。

「一応、会社のことは抜きにして考えていただいても……難しいですか？」

「……ああ。難しいな」

「そう、ですか」

たとえ天宮司が会社の令嬢じゃなくても、俺はきっとこのプロポーズを断っていただろう。

今の俺の頭の中には、たった一人の女の顔しか浮かんでいない。

「りん君、今〝乙咲玲《おとさきれい》〟さんのこと考えてます？」

「え？」

天宮司の口から出てくるはずのない名前を聞いて、俺は思わず声を漏らしてしまった。

「知ってますよ、りん君があのミルフィーユスターズのレイと同じマンションに暮らしていることくらい。まあ、直接的な関係までは分かりませんでしたが」

「知ってたなら……それを突き詰めて俺を脅すことだってできたんじゃないか？　どうして……」

「ふふっ、そんなことはしませんよ。だって……私は本当にりん君のことが好きなんですから。力ずくで手に入れたって意味がないじゃないですか」

天宮司は涙を浮かべながら、俺に笑顔を向けた。

ああ、俺は本当に馬鹿なやつだ。

人の気持ちに無頓着過ぎて、大事なところがてんで見えていない。

俺はずっと、天宮司はどんな手段を使ってでも――それこそ、俺を脅してでも会社のために動くと思っていた。

だって、俺なら絶対にその手段を選ぶから。

「あんた、いい奴《やつ》だな。俺とは全然違う」

「それはそうでしょう。りん君の方がよほど優秀ですもの」

「はぁ？　そんなわけないだろ」

「ふふっ、そんなことありますよ。私と違って、りん君には上に立つ素質があると思うんです」

「上に立つ素質……？」

「社長の才能とでも言えばいいでしょうか？　あなたは不快な気持ちになるかもしれませんが、間違いなく志藤《しどう》グループの人間として相応《ふさわ》しいものを持っているように見えます」

「……そうかな。自分じゃ分からねぇけど」

少し前の俺が今の話を聞かされていれば、確かに不快になっていたかもしれない。ていうか、確実に不快な気持ちを抱いていた。

しかし今なら、ただの一つの意見として受け止められる。

むしろ人を率いる才能があると言われて、悪い気はしない。

もちろんその才能を使うかと聞かれれば首を横に振らざるを得ないけれど。

「それで……結局りん君は、乙咲玲さんのことが好きなんですか？」

「……好きなんて、きっとそんな感情じゃ表せねぇな」

俺は苦笑いを浮かべながら、頭を掻《か》く。

「今の俺にとって、あいつは生きる意味みたいなもんだ。玲がいない人生なんて、もう考えられねぇんだよ」

玲と話す時間。

玲のために飯を作る時間。

玲と一緒に飯を食う時間。

そのどれもが俺にとっての宝物だ。

「……それって、好きと何が違うんですか？」

「え？　んー、そうだなぁ……」

何か別の言葉に言い換えることはできないかと、思考を巡らせてみる。

しかし天宮司《てんぐうじ》の言う通り、他の言葉はにっちもさっちも出てくる様子を見せてくれなかった。


――まあ、そうか。

――そうだよな。


「ああ……俺、あいつのこと好きなんだなぁ」

どんなに取り繕っても、見ないふりしても、結局この言葉にたどり着いてしまう。

それだけ俺の中にある玲への想《おも》いは膨らんでいて、無視できないものになってしまったということか。

あーあ、かっこわりぃ。

今まで自分をそういうものから遠ざけていたくせに、ここに来て呆気《あっけ》なく気づかされるなんて。

あの日、空腹で動けなくなった玲のために初めて飯を作った。

それからすぐあいつが契約の話を持ってきて、俺たちは二人で飯を食うようになった。

他の二人とも仲良くなって、同じマンションに住むようになって。

四人で引っ越し祝いのパーティーなんかもしたっけ。

玲とデートして、あいつらのコンサートを見に行って。

あいつの両親と会って、人前で頭を下げて。

海にも行ったなぁ。ＢＢＱもしたし。

ミルスタがいると騒ぎになるから来ちゃ駄目なのに、俺の執事服姿が見たいとか抜かして変装して文化祭に侵入していた時もあった。

あいつらのゲリラライブもあったし、俺の初ステージもあったし。

最後は――――玲と一緒に校舎裏で踊ったんだったな。

玲と関係を築いてから、まだ一年も経《た》っていない。

しかし、俺の中で強く印象に残った思い出には、常にあいつの姿があった。

乙咲玲という存在が、俺の心の深い深い部分に根付いてしまっている。

今更それを取り払うことはできないし、したくもない。

俺の帰るべき場所は、やっぱりあいつの隣なんだ。

「……ありがとうな、天宮司。おかげで気づかされたわ」

天宮司が俺に婚約を申し込んでこなければ、親父《おやじ》に会いに行くなんて真似《まね》はしなかっただろう。

　過去に向き合おうとも思わなかった。

「私にとっては、気づかないでいただけた方がありがたかったんですけどね……でも、りん君の役に立てたようで何よりです」

「過去から目を逸らし続けたせいで、俺は自分ってものがあやふやになってた。本当に、頭の中の靄《もや》が全部晴れた気分だよ。色々あったっつーか……ありすぎたけど、結局のところ、俺はあんたと再会できてよかった」

　俺は固まってきた体を解《ほぐ》すべく、大きく伸びをした。

　その際に冬の始まりらしい風が吹き荒れ、俺は肌寒さを自覚する。

　そろそろここから離れた方がいいかもしれない。

　俺はともかく、天宮司の体が冷えてしまう。

「そろそろ帰るか。日が暮れてきたし、これ以上は風邪ひいちまう」

「そうですね……名残惜しいですが、帰りましょうか」

「天宮司、お前はこれからどうするんだ？」

「この後の時間のことですか？　それとも、私の今後についてですか？」

「今後かな……別の企業の息子と婚約するって話が進んでるんだろ？」

「ええ……まあ」

突然、天宮司は俺の前で盛大にため息を吐き出した。

「はぁ……あんな親に甘やかされ過ぎてぶくぶくに太った不潔な男と婚約する羽目になるなんて、本当に最悪です」

「お、おお……急に毒舌になったな」

「本来の私はこんなものですよ。りん君と付き合えないと分かった以上、もう取り繕う必要はないので。りん君の口調が変わったみたいに、私だってあれからずいぶんと変わったんですよ」

そう言いながら、天宮司は苦笑いを浮かべる。

完全に吹っ切れた様子の天宮司からは、やたらと晴れやかな印象を受けた。

正直言って、今の天宮司の方がよほど好感が持てる。

「……そうだ、最後に一ついいか？」

「なんでしょう？」

「あの時の約束、守れなくて悪かった」

「っ……」

この謝罪には、残酷な意味が込められている。

あの約束が果たされることは、この先もない――。

そういった意味を感じ取ったからこそ、天宮司は声を詰まらせたのだろう。

「……ありがとうございます。これでもう、変な期待はしないで済みそうです」

沈む夕日に照らされながら、天宮司は笑みを浮かべた。

なんて、美しい姿だろう。

これを見るのが、告白をちゃんと断った後でよかった——なんてな。

「でも、友人としてであればこの先も付き合っていただけますか？」

「そいつはもちろん。あんたには恩もあるし、今度なんか食いたい物作ってやるよ。いつも食ってる物と比べて庶民的かもしれねぇけど……」

「大丈夫です。私だってファーストフード大好きですし」

「ああ、それなら大丈夫か」

天宮司と二人、普通の友達のような会話をする。

こんな風に話せるようになったことが、何よりも嬉《うれ》しい。

これならば、嫌なことだらけの過去の中にあるいくつかの楽しい思い出を忘れずに済みそうだ。

「……では、帰りましょうか。ご自宅の近くまで送らせてもらいますよ」

「あ、いや、そいつは大丈夫だ。久しぶりにこの辺りを歩いて帰りたくてさ。色々頭の中を整理したいし、ゆっくり帰るとするよ」

「そうですか。まあ、りん君がそう言うなら」

天宮司は心配そうな顔をしているが、問題は何もない。

体が冷えてきたら電車に乗って帰ればいいし、別に家から大して離れていないため、帰り時間が遅くなるということもないだろう。

「……あ、そうだ」

俺に背を向けて車に戻ろうとしている天宮司の背中に、俺は声をかける。

「そう言えば幼稚園の頃、花瓶を割った男子にあんたが罪をなすりつけられたことがあったよな」

「え？　あ、ああ……ありましたね、そんなことも。先生が来た後、りん君が私を庇《かば》ってくれたことも覚えていますよ。あの時はありがとうございました」

「なんだ、あんたも覚えてたか」

天宮司は当然と言わんばかりに胸を張る。

それがなんだかおかしくて、俺は笑った。

「忘れるはずがないじゃないですか。でも、突然どうしたんですか？」

「……いや、悪い。別に深い意味はねぇんだ」

「？　そうですか……では」

立ち去ろうとする天宮司。

その姿が、俺の中で幼稚園の頃の絵と重なった。

「またな！　ゆずちゃん！」

「っ！」

昔の呼び方で声をかけると、天宮司は驚いた様子で再び振り返った。

俺は意地の悪い笑みを浮かべつつ、手を振ってやる。

「……もう。――――はい、またね、りん君」

昔のように互いに手を振って、俺たちは別れた。

彼女の乗った車が離れていくのを見届けた俺は、おもむろにスマホを手に取る。

そのままアドレスを開き、通話をかける相手として選んだのは……。

「もしもし？」

『……どういう風の吹き回しだ？　お前が私に電話をかけてくるなんて』

「たまにはいいじゃねぇかよ、親父」

『……』

スマホの向こうから、相変わらず低くて抑揚のない声が聞こえてきた。

まさか俺の方から電話がかかってくるなんて思っていなくて、さぞ驚いていることだろう。

「忙しい中悪い。けど、頼みたいことがあるんだ」

『お前が頼み？　私にか？』

「そんな驚くなって。……後で空いてる日教えてくれ。直接会いに行く」

『────分かった』

その言葉を聞いた段階で、俺は通話を切った。

さて、これから少しだけ忙しくなるぞ。

「ふぅ……」

休日。俺は再び志藤《しどう》グループの本社の前に立っていた。

この前の電話で、アポイントメントはすでに取ってある。

前はここにいるだけで嫌悪感がえげつなかったが、今となってはそれがまったくない。

逆にえらく前向きな気分だ。

「――行くか」

俺はビルの中に入り、受付で要件を伝える。

社長の息子と知って恐縮する受付の人たちと軽く会話した後、俺は案内の人間が来るまでエントランスで待つことになった。

そしてしばらくすると、エレベーターから見知った人が降りてくる。

〝彼女〟は俺を見つけ、真《ま》っ直《す》ぐに歩み寄ってきた。

「……お待ちしておりました、凛太郎《りんたろう》様」

そう言いながら、ソフィアさんは俺の前に立つ。

親父《おやじ》と似て、この人の表情もだいぶお堅い。

やはり類は友を呼ぶのだろうか？　まあきっと仕事ができればなんでもいいのだろう。

「正直に申し上げますと、もう凛太郎様の方からこのビルを訪れることはないと思っておりました」

「俺も同じように思ってたんですけど……世の中何が起きるか分からないもんですね」

俺の態度が想像とは違ったからか、ソフィアさんはきょとんとした表情を浮かべていた。

なんだよ、意外と表情豊かじゃないか。

「……では、ご案内いたします」

ソフィアさんに連れられる形で、俺はあの時と同じように社長室へと向かう。

エレベーターに乗って最上階へ。

そしてエレベーターを降りた先にある部屋の前に立つと、ソフィアさんが扉をノックした。

「社長、凛太郎様をお連れいたしました」

「……入ってくれ」

部屋の主の許可をもらい、俺は社長室の中へと足を踏み入れる。

そこには、この前来た時と同じ光景が広がっていた。

奥の椅子に座っていた親父は、俺を見て席から立ち上がる。

そして向かい合うようにして並べられたソファーの方を指し示し、俺を誘導した。

「いきなり時間をくれだなんて……一体なんの用だ？」

「別に、子供が親に会うために理由なんているのか？」

「……」

「……なんてな」

あまりにも親父が困った顔をするものだから、俺はすぐに冗談だと告げた。

つーか、困るのもそれはそれで失礼な話じゃないだろうか？

まあこれまでの俺たちの関係を考えれば仕方のない話だけど。

「本題に入れ。今日はなんのためにここに来た」

「……ここに来た理由は、二つある。そのうちの一つは……あんたへの謝罪だ」

「謝罪？」

「俺は……ずっと勘違いしてた。親父が俺を跡継ぎにしたがってるんだって決めつけて、勝手に憎んでた」

「……」

「けど、あんたは一度も俺に家を継げだなんて言ってこなかった。あんたは……無理やり俺に家を継がせる気はなかったんだな」

親父は、俺の言葉を否定しなかった。

この沈黙こそ、まさしく肯定である。

俺の知る親父は、本当に人付き合いが苦手だ。

相手の気持ちを尊重した会話なんてできやしない。

だからこそ、いつだって親父の言う言葉は本音なんだ。

そういった部分に関して言えば、俺は親父のことを信用している。

「私は……家のことを疎《おろそ》かにして、お前を苦しめた張本人だ。それを理解した上でお前を同じ道に引きずり込むことはできなかった」

「……あんたの元妻に逃げられた時、どう思った？」

「然《しか》るべき審判が下ったと思った。私のような他人の気持ちに無頓着な男が家庭を築いたことこそ、許されざる罪なのだと……」

親父はそう語りながら、目を伏せた。

「確かに、あんたは俺とお袋を放《ほ》ったらかしにして、結局お袋の方には逃げられた。親の責務を果たせていなかったのは事実だと思う」

「……」

「けどな……」

俺はその先の言葉を告げるかどうか、数秒迷った。

口にするにしても、あまりに照れ臭すぎる。

ただここまで来てやっぱりやめた、なんて切り方はできなかった。

「俺は、ここまでちゃんと育ったぞ。外《ほか》でもない、あんたの息子としてここにいる」

俺はソファーから立ち上がり、真っ直ぐ親父の目を見つめる。

そして俺は、親父に対して深々と頭を下げた。

「ここまで育ててくれて、ありがとうございました」

この感謝は、もしかするとお門違いなのかもしれない。

親の責任から逃げかけていた男に対して頭を下げるなんて……そんなことを言われるかもしれない。

だけど、やっぱり俺がこれまで生きてこられたのはこの人のおかげだ。

俺は、この男の息子として生きているんだ。

「……お前は、まだ私を父と呼んでくれるのか」

「当たり前だろ。俺の親父はあんたしかいない」

「そう、か」

親父の体がソファーに沈み込む。

その様子から読み取れることは、大きな安堵《あんど》。

親父の中で、何かしらの憂いが消えたということだ。

「私には……命を生み出した責任がある。そのことだけは、ずっと理解していた。だが、社員を守るために働き続けた私は、一番守らなければならないはずの妻とお前を蔑《ないがし》ろにした」

後悔を嚙《か》みしめるかのように、親父は歯を食いしばる。

しかしすぐに口を開き、言葉を続けた。

「お前に強く干渉しなかったのは、親の責務を果たせなかった私のような人間は、子供の側《そば》にいない方がいいんじゃないかと思ったからだ。私が存在していることで、お前を苦しめているのだと……」

それは、さながら罪人の告白のようだった。

俺は決して聞き逃してたまるものかと、親父の話を脳裏に刻み込んでいく。

「今まで、本当にすまなかった。どうかこんな私を許してくれ」

俺に向かって深々と頭を下げる親父を見て、俺は思わず笑いそうになった。

あの天下の志藤グループ社長が、こんなガキ一人に頭を下げている。

悪い気分じゃねぇ――――なんて、冗談は置いといて。

「頭上げてくれ、親父」

「……」

「俺はあんたと、これからの話がしたい」

そんな俺の言葉を受けて、親父はようやく頭を上げた。

「正直、これまで俺は結構なトラウマを背負ってきた。これに関しては自覚があるから、包み隠さず伝えておく。けど、今ならそういうものも全部克服していけそうな気がするんだ。だから、もう過去の話じゃなくて、未来の話がしたい」

「……未来の話か。それが二つ目の話に繋がるのか？」

「ああ」

俺は手荷物の中から、分厚い資料を取り出した。

それを親父の前に並べると、その顔に驚愕《きょうがく》の色がみるみる浮かんでいく。

「これは……我が社の業務成績か？」

「そうだ」

「待て、これはうちの社員でも役員クラスでなければ確認できないはず……いくらお前でもこんな物手に入らないはず――」

「その役員たちを当たったんだ。志藤雄太郎《ゆうたろう》の息子って伝えたら喜んでコピーしてくれたよ」

「……」

親父はだいぶ渋い顔をしている。

協力してくれた役員が責められるかもしれないと思って名前は伏せたのだが、どうやらその判断は間違っていないそうだ。

「大丈夫だって、流出させたり、悪用したりするつもりはないから」

「ならば、お前はどうしてこれをわざわざ回りくどい真似《まね》をして手に入れたんだ？」

「んー……俺が介入できる余地はねぇかなって思って」

「お前が介入だと？」

「ああ。ちょっと、親父に頼みたいことがあってさ」

俺は自分で作ってきた〝企画説明資料〟を、新たに並べた。

「久しぶりに、親父とお袋と住んでた家に帰ったんだ。合鍵は持ってたし、必要な物があったから。ははっ、あんた本当に全然帰ってねぇんだな。結構埃《ほこり》がたまってたから、ついでに掃除しちまったよ」

「凛太郎……お前何を」

「この一週間で、俺は親父の部屋にあった経営学に関わる本、それとここにある現志藤グループの業績をすべて頭に叩《たた》き込んだ。……親父は本当にすげぇよ。こんだけデカくなったくせに、毎年毎年業績を上げ続けているわけだからな」

そう、この一週間で、俺は自分の親父がいかに優秀なのかを嫌というほど思い知った。

「さすがに経営学まで学ぶのはキツイだろって思ってたんだけど……意外と覚えてるもんだな。ガキの頃、あんたに憧れて難しい本を読み漁《あさ》った経験が、今になって生きてきたよ」

当然、すべての本を一から読むなんて真似ができるはずもなかった。

それに、そんな途方もない行為を面倒くさがりな俺ができるはずもなく。

しかし幼少期の頭の吸収率のおかげで、俺は置いてあった本のほとんどの内容を覚えていた。

あとは今の頭で知識に変換するだけ。

まあ、それも死ぬほど辛《つら》かったが――――目的を持った人間は、案外死ぬ気で頑張れるもんだな。

「……お前が何かの目的に基づいて動いていたということは分かった。それで、お前の目的とはなんだ？」

「――――買い取るんだよ」

「何？」

俺はこれまでにない邪悪な笑みを浮かべつつ、その目的を口にした。

「俺はあの天宮司《てんぐうじ》グループを、ごっそり買い取りたいんだ」

俺の目的を聞いた親父は、しばらく言葉を失っていた。

「……それは、あまりにも難しいことだ。向こうの会社は規模だけでなく歴史も深い。簡単に買収することなど――――」

「でも親父、不可能とは言わねぇんだな」

「……」

痛いところを突かれたとばかりに、親父《おやじ》の眉がピクリと動く。

そう、不可能ではないのだ。

俺の見立てが間違っていなくてよかった。

マジでホッとした。

「実のところ、さっきの役員の人から天宮司グループの資料も見せてもらったんだよ。もちろん内部データじゃないから完璧とは言えねぇけど、それでも概《おおむ》ね正確な資料だと思った。そんでその資料を見る限り、向こうには伸び代のある事業はなく、現状だと昔から取り組んでる商売が連中の支えになっているってことが分かったんだ」

結局のところ、それ以外の事業が上手《うま》くいっていないため、全体の業績が右肩下がりになっているわけだ。

このままだと数十年後にはだいぶ落ちぶれていることだろう。

その時に割を食うのは、きっと彼女だ。

「つまり、向こうの太い商売をいくつか買い叩くだけで、天宮司グループは存続していくことが難しくなる。そうすりゃ少しでも長く生きていくために、他の事業ごと無償でこの会社に取り入ろうとするだろう。要は向こうに頭を下げさせるって寸法さ」

「確かにそれであれば、我々が買い叩く事業は少なくて済むが……」

「相手方が手放すかどうかって話なら、問題ねぇ。向こうの社長、天宮司秀介《しゅうすけ》は、経営技術に難がある。これくらいは誰かに聞かなくても調べりゃ出てくるからな。今の天宮司グループは、他の幹部役員に支えられているって説が濃厚だ」

「……その見立ては私も同じだ」

「だろ？　で、どうせそいつらみたいな役員は、無能な社長に不満を抱えているはず。まずうちで天宮司グループの株を大量に買って、その上で優秀な幹部たちに高待遇をチラつかせてやれば、きっと根こそぎこの会社の味方になってくれるだろうよ」

俺の話を聞いていた親父は、再び絶句した。

まあ、さすがに無茶だったんだろう。

俺の話もほぼ素人意見だし、長らく経営者を務めてきた親父からすれば、きっと鼻で笑い飛ばすような内容だったに違いない。

「……驚いたな」

しかし、ようやく口を開いた親父から飛び出してきた言葉は、俺の予想とは違うものだった。

「確かにその方法なら、天宮司グループの買収に勝算が生まれる。我が社としても、アミューズメント系の事業はほしいと考えていたところだ。テーマパークを作ろうとすれば一から土地を選び、そこからさらに建設するための資金と時間を作らねばならない。だが天宮司がすでに持っている土地や施設を利用すれば、そこの問題は一気に解決する。買収ならこちらに有利な形で事業を獲得できるし、利益を持っていかれることもない」

親父は側に控えていたソフィアさんに何かを命令すると、彼女はすぐにノートパソコンを持って戻ってきた。

テーブルの上でパソコンを広げた親父は、そのままキーボードを叩き始める。

「時間はかかるが、我が社がすでに持っている関係を使えば天宮司グループの幹部たちをこちら側に落とすことも可能だ。少なくとも一年以内には、天宮司グループを我が社が吸収するという話を現実にすることができるだろう。もちろん、お前の考えたプランがすべてそのまま実現できればの話だが」

ま、マジかよ——そんな言葉が口から漏れそうになったが、俺は懸命に堪《こら》えた。

当然だって顔をしていた方が、なんかかっこいいだろ？

理由なんてそれだけだ。

「じゃあ、できるってことでいいんだな？」

「……ああ。しかし、何故《なぜ》お前がそれを望む？　この会社を継ぐ気はないはずだろう」

「確かに俺はこの会社を継ぐ気はねぇ。だけど……この方法を使って、どうしても助けてやりたいやつがいるんだ」

頭の中に、つい最近和解できたあの女の顔が浮かぶ。

「そいつは今、実の父親に政略結婚を迫られている。会社の将来のために人柱にされようとしてんだよ。それを阻止するためには、そもそも天宮司グループっていう会社からあらゆる決定権を奪っちまえばいい」

彼女のためにこんなことをする義理なんて、どこにもないのかもしれない。

むしろあいつにとっては余計なお世話になるかもしれない。

ただ、それでも……。

「こう見えても、俺はあいつの――――天宮司柚香《ゆずか》のヒーローだからな。あいつが苦しんでいるなら、力になってやりたいんだよ」

そう口にした途端、あまりにも恥ずかしくなって目が泳いでしまう。

さすがに実の親の前で格好つけすぎたか？

……まあ、いいか。少しでも俺の熱意が伝わってくれるなら、それでいい。

「あの娘を助けたいわけか……なるほど、私では思い至らない考えだ。しかし、それなら彼女の求婚を受け入れればよかったんじゃないのか？」

「それは無理だ。俺はあいつに対して恋愛感情を持ってないからな」

「……？」

どうやら親父は、俺が天宮司のことを好きだから助けようと思っていると思ったらしい。

それはそれで理解できる考え方だが、俺の場合は違う。

「あいつを助けるために取る俺の行動は、全部俺の想《おも》いを貫くためのものだ。結局のところ、俺はマシな人間になりたいんだよ。誰かを助けることができる……誰かを支えるために動くことができる人間になりたいんだ」

「……」

「だからこの話も、別に天宮司が助けを求めてきたから動いているわけじゃない。全部俺の身勝手な考えから始まったもんだ」

あいつからすれば、ありがた迷惑で終わる可能性だって十分にある。

しかし、たとえ余計なお世話だったとしても、俺は自分のために天宮司を助けるのだ。

それが、自分を好きになることができる生き方だから。

俺はこれからも、自分のために、自分が好きなように生きていく。

「これで十分根拠は示しただろ？　この会社にも大きな利益があることだって分かった。ここまで条件が揃《そろ》ったわけだし、そろそろ返事を聞かせてほしい」

「……」

それからしばらく、親父は手元の資料やパソコンの画面と睨《にら》めっこしていた。

そして熟考の末、ようやく口を開く。

「――――分かった、お前の提案を呑《の》もう」

「っ……！」

思わずガッツポーズが飛び出していた。

親に自分の我儘《わがまま》を聞いてもらっただけ。

そう聞けば大したことでもないように感じるが、俺の中では世界がひっくり返るくらいの大事である。

「ただし、お前も分かっていると思うが、買収して吸収するまでにはそれなりの時間がかかる。一年以内に話をつけるところまでは持っていくが、その先はどれだけかかるか分からないぞ」

「話をつけてくれるだけでも上等だ。要は天宮司柚香の他社との婚約話がなくなればいいんだからな。たとえ何か問題が起きて上手くいかなくても、政略結婚のことなんて考えている暇ないくらい天宮司グループを引っかき回せれば、最悪それだけでいい」

そう、必ずしもこの話が最後まで上手くいく必要はないのだ。

俺からすればこの志藤《しどう》グループも、天宮司グループもどうでもいい。

あいつの自由に繋《つな》がるなら、それでいい。

「ふっ……なるほど、お前は私だけでなく、この志藤グループすらも利用しようとしているわけか」

「これまで散々俺に寂しい想いをさせたわけだし、これくらいの我儘聞いてくれてもいいんじゃねぇか？　なあ、親父」

「それを言われると私には立つ瀬がないな。……分かった。この話、全力で乗らせてもらう」

俺と親父は、固い握手を交わした。

これが親子としてあるべき姿なのかは分からない。

しかし今はこの形が一番心地いいと感じる。

俺とこの男の関係は、きっとこれでいい。

こうして、俺——志藤凛太郎《りんたろう》と、その親、志藤雄太郎《ゆうたろう》のわだかまりは、十年近い歳月を経てようやく改善されることとなった。

◇◆◇

「……素晴らしいプレゼンでした、凛太郎様」

「え?」

社長室を出て、エントランスまで戻ろうとしていた俺に、ソフィアさんが話しかけてきた。

彼女の青い目は、俺のことを真《ま》っ直《す》ぐ見つめている。

改めて見ると、めちゃくちゃ綺麗《きれい》な顔をしているな、この人。

「あそこまでされてしまえば、社長も頷《うなず》かざるを得なかったでしょう。どうやってあのプレゼン力を磨いたのですか？」

「ああ、いや、別にプレゼン力を磨いたとか……そういうことをやった覚えはねぇんだけど」

褒められて悪い気はしないが、本当にそれに関しては自分から学んだ覚えはない。

しかし、強いて言うなら思い当たることが一つあった。

「結局、俺に志藤グループの跡を継がせようとしていたのは、親父じゃなくてお袋だったんです」

「え……？」

「今思い返せば、親父は一度も俺に無理やり会社経営の極意を学ばせようとはしなかった。けどお袋からは、ずっと面倒臭い勉強をやらされてたなぁって」

昔のことを思い出さないようにしていたせいで、そのことすらも忘れていた。

俺に護身術を習わせたのも、経営学を学ばせたのも、全部親父ではなくお袋の仕業《しわざ》。

立派な跡取りにすべく、お袋は俺に英才教育を施そうとしていたのだ。

「親父に憧れていたのは本当ですけど、そんな子供が一から経営学の本を読んで覚えられるわけもないじゃないですか。そもそも書いてある漢字すら読めねぇし。でも、それをお袋は無理やり俺の頭に叩《たた》き込んだってわけです」

「それは……なんと言ったらいいか」

「ああ、いや、別に気は遣わないでください。もう俺も気にしてないんで」

結局俺の母親は、何から逃げ出したんだろうか？

俺を育てるプレッシャー？　親父《おやじ》に構ってもらえない寂しさ？

こればかりはどれだけ考えたところで、答えにはたどり着けないだろう。

むしろたどり着かない方が正解かもしれない。

いくらなんでも、あの母親と同じような無責任な人間にはなりたくないもんな。

「まあ、だからその時に教え込まれた知識の中に、もしかしたらプレゼンについて書かれたものもあったかもしれないな、って。正直ガキの頃過ぎて、全部が全部思い出せるようになったってわけでもないんです」

「そうでしたか……無神経なことを聞いてしまい、大変申し訳ございません」

俺に向かって、ソフィアさんは頭を下げる。

なんて律儀な人だろうか。

俺は気にしていないと言っても、彼女の中では気が済まないのだろう。

その気持ち自体は素直に理解できるため、俺はこの謝罪を正面から受け取ることにした。

「……俺こそ、これまで八つ当たりみたいなことばかりしてすみませんでした。今更ですけど、やってることがガキ過ぎて恥ずかしいっす」

「いえ、事情は聞き及んでおりましたし、私は気にしておりません。ただ……」

ソフィアさんは凛《りん》とした表情を崩し、突然懇願するかのような態度で俺に向かって手を合わせた。

「その……会社の情報をお渡ししたこと、本当に内密にお願いいたします」

「分かってます。俺もわざわざ敵を作るような真似《まね》はしたくないんで」

あまりにもソフィアさんの眉尻が下がり過ぎていて、俺は思わず苦笑いしてしまう。

何を隠そう、俺に資料を渡してくれたのは、ここにいるソフィアさんなのだ。

「しかしながら、突然資料が欲しいと言われた時は驚きましたよ」

遡ること一週間前、俺はあらかじめ知っていた彼女の連絡先を使って要件を伝え、交渉に及んだ。

最初はもちろんソフィアさんも渋ったけれど、この会社のためになる話だと伝えた途端、協力してくれることになったのである。

「でも、どうしてこんな簡単に協力してくれたんですか？　こう言っちゃなんですけど、俺が遊び半分で聞き出そうとしている可能性だってあったじゃないですか」

「そうですね……嬉《うれ》しかったんだと思います」

「嬉しかった？」

「はい。もちろんあなたが遊び半分で私をからかうような方ではないことくらい存じていたという部分もありますが——我々や社長を含め、この会社自体を嫌っていたであろう凛太郎様が、初めて会社のために何かをなそうとしてくださった……それだけで、私はたまらなく嬉しかったのです」

「……そうっすか」

微笑《ほほえ》みを浮かべたソフィアさんを見て、俺は安堵《あんど》した。

やはり邪険に扱われているより、受け入れられていた方がいいに決まっている。

「またぜひ遊びに来てください。我々は凛太郎様を歓迎いたします」

「……そのまま跡を継げなんて言いませんよね？」

「さあ、それはどうでしょうか」

からかうように笑うソフィアさんを背後に、俺は志藤グループのビルを出る。

「凛太郎様」

去り際に呼び止められた俺は、ソフィアさんの方へ振り返る。

「やはり……あなたと雄太郎様はよく似ていらっしゃいますよ」

ソフィアさんは、微笑みながらそんな言葉をかけてきた。

俺はそれを聞いて、思わず吹き出すようにして笑う。

「ははは！　勘弁してくださいよ。俺の方が絶対に整った顔してますから」

「……ふふっ、そうかもしれませんね」

そんなやりとりを最後に、今度こそ俺は会社を後にする。

見上げてみれば、空はどこまでも青く、晩秋の風が吹き抜けていた。

まるで生まれ変わったかのような爽快感を覚えながら、俺は帰路につく。

さあ、帰ろう。あいつのところへ。

◇◆◇

「社長、凛太郎様が帰られました」

「そうか……」

社長室へと戻ったソフィアは、雄太郎に対してそう報告した。

「……まさか、息子に私が説得されるとはな。こんなことが起きるとは考えたこともなかった」

「そうですね。私も凛太郎様がこの会社と関係を持とうとするとは思っていなかったです」

ソフィアは別室にてコーヒーを淹《い》れ、席に戻った雄太郎の前に置いた。

一口それをすすった雄太郎は、一仕事終えた後かのように大きく息を吐く。

「あの、社長」

「ん？　なんだ」

「本当に、凛太郎様を跡取りにするつもりはないのですか？」

「なぜそんなことを聞く」

「私の立場でこんなことを口にするのは大変おこがましいと理解はしていますが……凛太郎様は間違いなく逸材です。次期社長とまでは言わずとも、大学卒業後はすぐにでも内定を出すべきかと存じます」

ソフィアの言葉を聞いて、雄太郎は吹き出すように笑う。

そんな姿を見たことがなかったソフィアは、驚きのあまり目を丸くした。

「そうだな……確かに、凛太郎の優秀さには驚いた。しかし、やはりそれを決めるのはあいつ自身だ。私は決して強要はしない」

雄太郎はコーヒーを机に置き、その隣に並べられていた凛太郎の持ってきた資料に視線を向ける。

丁寧にまとめられたそれらの資料はえらく読みやすく、完成度としては極めて高かった。

「まあ、我が社に欲しいのは事実だがな。気づいていたか？　話している間、あいつはずっと私の目を見ていたことに」

「目、ですか……？」

「目は口ほどに物を言うという言葉があるように、目というのはその人間が今どんな感情を覚えているのかを表す。凛太郎はそれを読み取るべく、常に私と目を合わせ続けていたんだ」

「た、確かに目から相手の感情を読み取るというのは大切な技術ですが……」

「凛太郎は、相手の感情を読み取りながら会話を選ぶことができる人間ということだ。言葉だけでは単純なことを言っているように聞こえるかもしれないが、実際はかなりの神経を使う特別な技術だよ」

　凛太郎はこれまでも悪意を読んだり、嘘《うそ》を感じとったり、他者とのコミュニケーションにその技術を使用していた。

　この技術に関して、凛太郎自身に自覚はない。

　しかしながら、彼の気配り力は間違いなくこの技術由来である。

「今思えば、元妻もコミュニケーション能力には目を見張るものがあったな……懐かしい。今はどこで何をしているかも知らないが」

「……お調べいたしましょうか？」

「いや、必要ない。私の家族は、凛太郎だけで十分だ」

　わずかに照れた様子でそんな言葉を口にした雄太郎を見て、ソフィアは思わず笑ってしまう。

とっさに口を押さえて声を漏らすことは防いだが、雄太郎《ゆうたろう》はそれを見逃さなかった。

「……そんなにおかしいことを言ったか？」

「おっと……失礼いたしました」

「……まあ、いい」

雄太郎はコーヒーを一気に飲み干すと、一度目を閉じ、そして開いた。

「さて、そろそろ業務に戻るとするか。今日は会食もあっただろう」

「はい。十九時から新宿にて予約が入っております」

「分かった。それまでに書類に目を通せるだけ通しておくから、用意をしてくれ」

「承知いたしました」

ソフィアは空になった雄太郎のコーヒーカップを回収し、部屋の出口へと向かう。

「……社長」

社長室の扉の前に立ったソフィアは、彼のことを呼びながら振り返った。

「やはり、社長と凜太郎《りんたろう》様はよく似ておりましたよ」

「……勘弁してくれ。私の方が顔立ちはいいだろう」

「っ！」

雄太郎が珍しく冗談めかしたことを口にしたのにも驚いたが、ソフィアとしては今さっき息子側の口から聞いた言葉と同じような内容が飛び出してきたことに一番の驚きを覚えていた。

ソフィアの目から見れば、あまりにも微笑ましい光景。

笑みがこぼれてしまうのも、もはや必然である。

「――いえ、よく似ておりますよ。本当に」

「……？」

首を傾《かし》げる雄太郎を残し、ソフィアは部屋を後にした。

第七章　終わりよければすべてよし？

「――――ってわけで、今回の件は一通り解決したんで」

『そっかぁ……本当によかったね』

俺は天宮司《てんぐうじ》との再会から始まった一連の流れの決着を、電話で優月《ゆづき》先生に報告していた。

優月先生には俺の恋人役の相談なんかもしていたし、その時にだいぶ心配させてしまっていたため、事態がどう転ぼうとも必ず報告すると決めていたのである。

『それにしても……まさかあの〝堅物〟を堕《お》とすなんてね……』

堅物とは、俺の父である志藤《しどう》雄太郎のことを言っているのだろう。

堕とすという言葉に少し違和感はあるものの、まあ……やったことはあながち間違っていないか。

『凛太郎、もしかしてビジネスマンの才能があるんじゃない？』

「やめてくださいよ……」

『あはは、ごめんね！　凛太郎はうちのアシスタントとしてずっと働いてくれるんだもんね！』

「え？」

『え？』

おかしなことを言う優月先生だ。

締め切りが辛《つら》すぎて頭おかしくなっちゃったのかな？

『……ごめん、調子に乗りました』

「あの、しばらくは恩があるんで強めのツッコミがしにくいんですよ。その辺り分かってもらえると助かります」

『すごい真面目な返し……でも、本当に解決してよかったね。凛太郎が苦しまないようになればいいなって、ずっと思ってたからさ』

電話越しに優月先生の優しさが伝わってくる。

この機会でようやく俺と親父《おやじ》は家族になれたのかもしれないが、この人はそれ以前から俺のことを身内として扱ってくれていた。

俺にとっては歳《とし》の離れた姉と言っていいだろう。

いざという時に頼ることができる、頼もしいお姉ちゃんだ。

「まあそんなわけで、そろそろ自由に動けそうなのでまた職場に戻ってもいいっすか？」

『ほんと⁉　助かるぅ……！　そろそろ修羅場りそうだったから、戦力が欲しかったのぉ』

「修羅場って聞いたらあんまり行きたくないっすけどね……」

死ぬと分かっていて戦いに行きたがる奴《やつ》が世の中にどれくらいいるのだろうか？

少なくともこの現代日本には全然いねぇだろうな。

「じゃあ、今日のところはこれから予定があるのでこの辺で。またシフトに関しては提出します」

『予定？』

「全部が終わった打ち上げっていうか……世話になった連中にお礼する会を開く予定なんだ」

『お礼する会!?　私も行きたいんですけど!?』

「締め切り大丈夫なんですか？」

『……今日のところは勘弁してあげるわ』

大丈夫じゃないんだ……。

「その、ガチでやばくて人手が必要なら行きますけど……」

『ああ、ごめんごめん。時間は厳しいけど、人手は足りてるから大丈夫！　今日のところは気にしないでパーティーしてきなよ。頼る時は遠慮なく連絡させてもらうからさ！』

「……分かりました、それならお言葉に甘えます」

それからしばし世間話をしてから、俺は通話を終えた。

この先も、できれば優月先生に心配をかけずに過ごしていきたいものだ。

元々多忙な人だし、いらない心労を抱えて欲しくはない。

「さて、と」

俺はそんな言葉と共に、腕まくりをする。

そしてこの家のキッチン——志藤家の台所を見回した。

「予想はしてたけど……全然使われてねぇな」

そんなことをつぶやきながら、俺はピカピカのコンロを眺めた。

そう、ここは俺が小さい頃に住んでいた志藤の家。

玲《れい》の家と同じくらいの立派な家。

母親のことはあまり思い出したくないが、ここにいると嫌でも脳裏によぎる。

しかし、まあ、それによって気分が沈んだり体調が悪くなったりということはない。

俺はちゃんと過去を乗り越えられたのか心配だったが、どうやら問題はなさそうだ。

で、どうしてここで料理をしようとしているかと言えば、今日のパーティーの場所がこの家だからってことに他ならない。

来てくれる奴らは、ミルスタの三人と、我が親友の雪緒《ゆきお》。

今回の件でたっくさん心配をかけたわけだし、この辺りでお礼をさせてほしいと提案したのが今日のきっかけとなった。

この家を会場に選んだのは、本当になんとなく。

強いて言うのであれば――――俺はもう過去を吹っ切ったという証明がしたかったのかもしれないな。

「料理なんて全然しないくせに、やたらと調理器具は揃《そろ》ってるんだよな……」

俺はいろんな棚を開きながら、そんなことをぼやく。

あの親父のことだ。メーカーに頼んで適当に揃えたに違いない。

現にここにある調理器具はどれも同じメーカーのものだ。

いいなぁ、うちよりも調理器具の種類は豊富だし。

「じゃあ、やるか」

俺は冷蔵庫から食材を取り出し、今日振る舞う予定の食材たちを並べていく。

つーか、この冷蔵庫もだいぶいいやつだ。

マジで欲しい。頼んだらくれねぇかな？

「まずは肉から行くか……」

俺はスペアリブを手に取り、キッチンペーパーで水気を拭き取る。

塩胡椒《しおこしょう》で下味をつけた後、フライパンで焼き色がつくまで火を通した。

そんでもって、ここから活躍してくれるのが――――。

「……くそ、これも欲しいのになぁ」

コンロの上に置いた〝圧力鍋〟を見て、俺はまたもやぼやく。

圧力鍋は本当に便利な代物だ。

最初は圧力をかけるってなんぞやと思っていたが、使ってみるともうこれなしでは生きられない体になってしまった。

まずなんといっても最強の時短術になるという点。

もちろん料理によるが、これがあれば何時間も煮込まなければならない料理が数十分程度で終わる。

スペアリブはほろほろに柔らかくすることが大事な食材。

フライパン一つでも柔らかく調理することはできなくもないが、こういう部分で妥協はしたくないのだ。

醬油《しょうゆ》やみりん、砂糖におろしニンニク。

そして臭み取り用の酒と、少量の生姜《しょうが》を足して、圧力鍋の中にスペアリブと共に入れる。

ここで蓋をして、中火でしばらく。

やがて圧力鍋の機能で加圧が始まるため、ここからは二十分ほど放置しておけばいい。

まあ便利なこと。

「この間に……っと」

俺は加圧が終わるまでの間にもう一品作るために、鶏《とり》もも肉を手に取った。

スペアリブ含め使う食材的にかなり肉肉しくなってしまうが、食うのは食べ盛りのアイドルたちだ。

雪緒も一応男なわけで、人並みには腹のキャパがある。

米などの炭水化物を用意していないこのパーティーでは、一品一品にボリュームがあればあるほどいい。

ってなわけで容赦なくこの鶏もも肉を使っていくわけだが、まずはこいつをきのこなどと合わせて食べやすいサイズに切っていく。

そしてフライパンにサラダ油とニンニクを入れて火をつけ、ニンニクの香りを油へと移した後、鶏もも肉の皮面を焼き色がつくまでじっくりと焼く。

一旦鶏もも肉は取り出し、代わりにきのこ類とバターを同じフライパンで炒《いた》め、肉を戻し白ワインを回しがけした。

ちなみにこの白ワインはこの家に元々あった物で、自分の手で購入した物ではないと一応伝えておく。

そしてアルコール分が飛んだ瞬間を見計らい、生クリームとコンソメスープの素《もと》を加えて汁気が減るまで煮詰める。

最後に粉チーズと胡椒をかけ、味を調《ととの》えて完成なのだが、これまた煮詰めるまでに時間がかかるため、しばらく待機だ。

この料理の名前は、〝鶏肉のフリカッセ〟。

フリカッセとは白い煮込みという意味らしく、まあ簡単に言ってしまえば、シチューに近い煮込み料理ということだ。

どちらもこれから二十分ほど煮込む必要があるため、これでだいぶ暇な時間ができたわけだが――――。

「ん？」

その時、ぴんぽーんと家のインターホンが鳴り響く。

どうやらあいつらが到着したようだ。

「いらっしゃい」

そんなことを言いながら、俺は玄関の扉を開いた。

目の前にいたのは、私服姿の玲たちと、雪緒の姿。

連絡は受けていたためあらかじめ知っていたが、本当に四人で合流してから来たらしい。

「やっほー、りんたろー」

「お招きありがとう、凛太郎《りんたろう》君」

「お腹空《なかす》かせてきた」

「おう、さっさと上がってくれ」

俺はまずいつも通りの調子の三人を中へと招き入れた。

そしてその後ろにいた雪緒と視線を合わせる。

「ねぇ、僕まで呼んでよかったの？　正直ちょっと場違い感あるんだけど……」

「んなこと言ったら俺だって場違いだろうが。今日は俺の恩人として呼んでるんだから、思い切り楽しんでってくれよ」

「うーん……でも凜太郎も大企業の息子さんだしなぁ」

この野郎、早速いじってきやがって。

こいつは俺が吹っ切れたってことを知っているから、もうからかっていいもんだと思っているらしい。

まあ、その判断は当たっている。

むしろ今となってはいじってもらえるだけありがたい。

俺自身、〝いつも通り〟が戻ってきた実感が欲しかったのだ。

「馬鹿言ってねぇでさっさと入れ。お前の分の飯、このままじゃ残飯になっちまうぞ」

「それはまずい。君の料理を捨てることになるくらいならどんなところにだって行くよ」

「へいへい、そいつはありがたいね」

「褒めたつもりだったんだけどなぁ」

ケラケラ笑いながら、雪緒を中に招き入れる。

そのままリビングへと戻ると、好奇心に染まった目で部屋を見回す玲たちの姿があった。

「ふーん……ここが凜太郎君が小さい頃を過ごした家か。ご立派だね」

「レイの実家に似てるわね。お金持ちってみんなこういう家が好きなのかしら？」

正直カノンの意見は同意せざるを得なかった。

でかい家好きだよね、金持ち。

すみません、偏見です。

「すごくいい匂いがする。もう料理はできてるの？」

「ああ、メインどころは概《おおむ》ねな。後は細かいやつと、冷蔵庫で冷やしてるデザートくらいか」

「楽しみ。お腹空かせてきた」

「それ、家に上がる時にも言ってたぞ」

相変わらず玲は食い意地が張ってるな。

まあ、俺にとってはそれが一番ありがたいんだけど。

「凛太郎、僕らは何か手伝うことあったりする？　待ち時間があるなら手持ち無沙汰になっちゃうし、手伝えそうなことがあれば手伝いたいんだけど」

「そいつは助かるな。じゃあ取り皿とか食器を並べてもらえるか？　料理に夢中になってたせいで忘れてたんだ」

「おっけー、分かったよ」

食器が入っているところを伝えると、雪緒だけでなく玲たちも手伝いを始めてくれた。

この間に、俺は料理の仕上がりを確認しにいく。

（……よし、どれもそろそろ良さそうだ）

圧力鍋の蓋を開け、スペアリブの香りを嗅ぐ。

うん、いい出来だ。

香りだけでかなり食欲をそそられる。

フリカッセの方も鶏肉には完全に火が通り、ホワイトソースの濃厚な香りが漂っていた。

どちらも一口ずつ味見をし、細部まで味を確認する。

「ははっ、さすが俺。バッチリだ」

味も完璧。

これなら堂々とあいつらの前に並べられるだろう。

俺はスペアリブを大皿に、そしてフリカッセをそれぞれの皿に盛りつけ、四人が待つテーブルの方へと持っていく。

「ほら、今日のメインディッシュたちだぞー」

そう言いながらテーブルに置いてやれば、途端に四人の目が輝き出す。

「わぁ！　スペアリブじゃない！　んー！　いい匂いね！」

分かりやすくテンションが上がったカノンを見て、俺の方も思わず笑顔になる。

やっぱり自分のためではなく、誰かのために料理を作る方が楽しい。

特にこいつらを喜ばせるために作る料理は、俺の人生を充実させてくれる大事なものだ。

こいつらの目を見て、俺は改めてそう思う。

「すごいね……これ時間かかったんじゃない？」

「いや、圧力鍋があったからそうでもねぇよ。こっちの白いのもそんなに長い時間煮込んでたわけじゃねぇしな」

「へぇ、志藤《しどう》凛太郎ともなれば、時短術もお手の物ってことかな。さすがだね」

「褒めたって料理しか出てこねぇぞ？」

「それを出してほしいから褒めてるんだよ」

相変わらずミアは口が上手《うま》い奴《やつ》だ。

俺は一度台所に戻り、メインディッシュの隣に置く予定だった小鉢の準備をする。

通称、カクテルサラダ。

小さな器にトマト、アボカド、ゆで卵、そしてチーズを細かく切って盛り付け、最後にドレッシングをかける。

たったこれだけの工程なのだが、見栄えは抜群だ。

ここに軽くレモン果汁を搾ってやれば、重たい料理たちの箸休めとして抜群の効果を生んでくれる。

「よーし、これで料理は全部だ。スペアリブが結構な量だから腹は満たせると思うけど、足りなければ言ってくれ。米はねぇがバゲットなら用意してあるから」

俺は彼女らの前にカクテルサラダを置き、最後に自分の席の前にも同じ物を置く。

そしてそのまま席に座り、それぞれと目を合わせた。

「そんじゃ、いただきます」

「「「「いただきます」」」」

五人で揃《そろ》って手を合わせ、料理に手を付け始める。

俺は一旦手を動かさず、四人がどんな反応をするのか様子見することにした。

まずスペアリブに手を付けたのが、玲《れい》とカノン。

二人はほぼ同時に肉を口に運び、そしてほぼ同時に目を見開いた。

「柔らかっ！」

「柔らかい……！」

そして飛び出した言葉もほぼ同じだった。

「何これ……！　口の中で溶けるんですけど!?」

「すごい、飲み物みたい」

圧力鍋によってホロホロ――――いや、もはやトロトロになったスペアリブは、ナイフなど使わなくてもフォークだけで容易《たやす》く切れる。

咀嚼《そしゃく》すれば口の中でたちまち解け、煮込む際に使った醤油《しょうゆ》ベースのソースが絡まった肉の旨味《うまみ》がじんわりと広がる。

まさに俺の思い描いた理想のスペアリブがここにあった。

「おっと、ボクはこっちから手を付けようかな」

「僕もそうしよっと」

二人がスペアリブに手を付けているのを見て、ミアと雪緒《ゆきお》はフリカッセの方に手を伸ばした。

それぞれ鶏肉を口に運んだかと思えば、二人ともスペアリブ組と同じく目を見開く。

「美味《おい》しい……！」

「うん……！　ホワイトソースがよく絡まってて美味しいよ！」

こちらも口に合ったらしい。

とりあえずメインどころはどちらも成功と言えるだろう。

自分の中では完璧にできたと思っても、結局食べてくれる奴らの口に合わなければ意味がないからな。

これでようやく俺も安心して料理に手を付けられる。

「……それにしても、思ったよりも早く解決したわね。今回の件」

皆で料理に手を付けていると、思い出したかのようにカノンが口を開いた。

「結局、凛太郎の昔馴染《むかしなじ》みっていう天宮司《てんぐうじ》さんとはどうなったの？」

「ま、これからも仲良くお友達でいましょうって感じかな。あいつもずいぶんと家柄に振り回されたみたいだし、向こうが諦めてくれた今、変にいがみ合う必要もなくなったからな」

「ふーん……昔の恋心が燃え上がったりはしなかった？」

「あー、そいつはなかったな」

結局途中で自分の本心に気づかされたし、俺にとって天宮司への恋心はとっくに過去のものになっている。

そこだけは少し時間が経《た》った今でも揺るぎない。

「そう言えば、お父さんとも仲直りできたんでしょ？　よかったわね」

「仲直りって……まあ、それに関してはお前のおかげもでかい。ありがとうな、カノン」

「何よ。素直にお礼を言われると照れるじゃない」

カノンは少し頬を赤らめ、俺から視線を逸《そ》らす。

そんな彼女の態度を見て、玲とミアは俺の方に訝《いぶか》しげな視線を送ってきた。

ああ、確かカノンの家で色々話したことについては二人に何も伝えていなかったな。

別に丁寧に解説する必要もないと思うけど。

「親父《おやじ》とは今後も必要以上に連絡を取ったりすることはねぇと思う。俺も親父も、そういうのは柄じゃねぇからな」

自分でそう口にして、去り際にソフィアさんから言われた言葉を思い出した。

俺と親父が似ているって話。あれはもしかすると、顔のことじゃなくて性格のことだったのかもしれない。

――――だからと言って似ているとは思えねぇなぁ。

「凛太郎《りんたろう》君のお父さんって、どんな人なのかな？」

「えぇ？　んー……一言で表すなら仕事人間だけど、別になんか面白い人ってわけでもねぇぞ？」

「だとしても、今度会ってみたいな。ぜひ挨拶しておきたい」

「挨拶？」

ミアはニコニコと笑みを浮かべながら、俺を見ている。

不気味だ。あまりにも不気味だ。

「私も挨拶したい。凛太郎にはいつもお世話になっているから、お礼を言わないと」

「ああ、そんなの別にいいのに……でもそういうことだったら、今度連絡してみるわ。仕事が忙し過ぎて全然予定合わない気がするけど」

これに関しては玲にも言える。

多忙な社長に、多忙なアイドル。

どう足掻《あが》いても予定が噛《か》み合う気がしない。

「確かにあたしらもこれからもっと忙しくなるしねぇ……っと、あたしもこっちの……なんだっけ？」

「フリカッセな」

「そうそうフリカッセをいただくとするわ」

そんなとぼけたことを言いながら、カノンはフリカッセの鶏肉《とりにく》の方に手を付ける。

鶏肉を口に入れたカノンは、しばらく咀嚼した後に驚愕《きょうがく》したような表情を浮かべた。

「んっ！　ソースで煮込まれてるはずなのに、皮がまだパリッとしてるわ」

「ん？　ああ、先に鶏肉の皮がある方を焼いておくんだ。そうすると油っぽさも軽減できるし、芳《こう》ばしさを付けることもできるんだよ」

「へぇ……！　相変わらず工夫が行き届いてるわね」

「まあな。最近また一から料理を学び直してるんだ。どうせならもっと極めたいと思ってな」

玲の母親である莉々亜《りりあ》さんの料理を食べてから、俺のモチベーションは爆上がりしていた。

酒一つで仕上がりが変わる奥深さ――――まだまだ俺は未熟者なんだと、悔しさがこみ上げてくる。

やはり将来の嫁には、最高の料理を届けてやりたい。

今後は料理本をそのままなぞるだけでなく、あらゆる工夫を試していこうと思っている。

「うーん……これ以上凛太郎君が料理上手になったら、ボクらは増々君から離れられなくなるじゃないか。その時は責任を取ってくれるんだろうね？」

「ははっ、おう、そん時はまとめて面倒見てやるよ」

「え？」

こいつらが俺の料理を求めてくれるのなら、それには応えてやりたい。

人生の大きな転機に、こいつらはいてくれた。

この恩は、一生かけて返していく。

まあ、さすがにこいつらもいずれ俺の下から離れていくとは思うけどな。

そのうち旦那や嫁だってできるだろうし、俺のところに毎回飯だけ食いに来るわけにも――――。

「……あんた、それ本気？」

「え？」

そんな俺の考えとは裏腹に、カノンたちはえらく真剣な眼差《まなざ》しで俺を見ている。

あれ？　もしかして俺変なこと言ったかな。

「まとめて面倒見てやるよってことは、今後ボクらの食事はすべて君が管理してくれるってことでいいのかな？」

「い、いや……それはちょっと言葉のあやっていうか」

「ふぅん？　君は自分の発した言葉に責任も取れないような男だったのかな？」

「うっ……」

いや、なんだ？　何故《なぜ》俺が追い詰められている？

「前々から玲ばっかり羨ましかったのよねぇ～。あんたの生活に必要なお金くらいあたしたちだって払えるし？　できることならあたしも玲と同じ契約を結びたかったのよぉ」

「ボクもカノンと同じ考えさ。できることなら玲と同じようなサポートを受けたいってずっと思っていたんだよ」

不敵な笑みを浮かべながらにじり寄ってくる二人。

思わず俺はテーブルごと後ろに下がってしまうが、二人はそれよりも早く距離を詰めてくる。

「……駄目、凛太郎は私のもの」

しかし、そんな二人を阻むように玲が割り込んできてくれた。

ナイスだ、玲。

お前の背中が神々しく輝いて見えるよ。

つーか雪緒。

平和だなーって顔をしながらサラダを食うな。

助けろよ、俺を。

「退《ひ》きなさいよ、玲。りんたろーはあたしたちのことも責任取ってくれるって言ったのよ」

「そうだよ。ボクらだってもう凛太郎君に世話をしてもらう権利があるんだ」

カノンとミアVS玲。

こんなところでミルスタが対立を起こしているなんて知られたら、ファンたちは一体どうなってしまうのか。

――――って、そんな能天気なことを考えている場面でもないな。

「凛太郎に世話してもらえるのは、私だけ。いくら二人でも譲りたくない」

「何よ、あんたもこれまで通り世話してもらえるんだからいいじゃない」

「……でも」

「悪いけど……あたしももう本気なの」

「っ……」

玲が息を呑《の》んだ気配がした。

おいおい、結局いつもの小競り合いかと思っていたんだが、少し様子が違わないか？

「カノン……それって」

「あんたらには皆まで言わなくても分かるわよね。あたしも参加することにしたのよ、あんたらの闘《たたか》いにね」

「……」

もしかして俺、今お邪魔虫なのか？

ここは一応俺の家なんだけど、何故か俺がいない方が話が上手《うま》く進んでいくような予感がする。

「……凛太郎」

「え？　あ、なんだよ」

「カノンとミアにも、これからはご飯作ってあげられる？」

「は？……俺はいいけど、お前はいいのかよ」

「二人とは公平に闘いたいから」

「……？」

目線だけで火花を散らす三人。

ともかく俺がミアとカノンの世話もすることで、何かが公平になるらしい。

それならまあ、いいのかなぁ？

「……待った」

睨《にら》み合いが続く中、声を上げたのは沈黙を貫いていたはずの雪緒だった。

「三人共、凛太郎のサポートを受けたいってことだよね？」

「そうね。そういう話をしているところよ」

「その気持ちは僕もすごく分かるんだけど、ちょっと冷静になってほしい。三人分の世話のために行ったり来たりしていたら、いくら凜太郎でも体が壊れると思うんだ」

「むっ……」

「乙咲《おとさき》さんは最初から凜太郎とそういう契約を交わしているんだから優先権があるのは当然としても、他の二人が凜太郎を無理やりシェアしようとしているなら僕は止めるよ」

雪緒《ゆきお》の言葉を聞いて、カノンとミアはばつの悪そうな表情を浮かべた。

「確かに、ボクらは毎日同じ時間に仕事が終わるわけじゃない。日によって別々な時間に帰ることだってあるし、休みの日だって毎回同じじゃない」

「そうね……合鍵を渡すこともやぶさかじゃないけど、1LDKの部屋も含めてトイレもお風呂も毎回三軒分掃除してもらうってのは、ちょっと申し訳なさ過ぎるわ」

彼女らの言う通り、実際三人分の世話はできると思うが、学業と両立させられるかどうかは若干怪しい。

料理は毎回作り置きなんてことになりかねないし、掃除洗濯、それらすべてが三倍になるというのは単純にしんどいものがある。

何より面倒臭いのは、全員のスケジュールを細かく把握しておく必要があることだろう。

正直、今の俺では自信がない。

それこそ優月《ゆづき》先生のところでバイトもしたいし、自分の時間をこれ以上犠牲にはできないわけで。

三人のうちどこかを疎《おろそ》かにするというのも申し訳なくなるし、そこまで考えるとあまり現実的な話ではないように思える。

せめて三人が同じ場所に住んでてくれたら――――ん？

「あ、三人共この家に住むとかどうだ？　そうすれば水場は共有になって掃除しやすいし、料理だってわざわざ個別に用意しなくて済む。全員まとめて面倒見れるから、俺も負担は少なくなるぞ」

「「「……」」」

「……って悪い、さすがに冗談――――」

空気感を外したと思った俺は、慌てて今の発言を取り消そうとする。

しかしそんな俺の言葉を遮るようにして、玲《れい》たちは身を乗り出してきた。

「それよ！」

「それだね」

「それがいい」

「……え？」

目を輝かせている三人を見て、俺は首を傾《かし》げる。

「ああもう、なんで思いつかなかったのかしら！　もうどうせ同じフロアに住んでるわけだし、一つ屋根の下で暮らしているのと何も変わらないじゃない！」

「だね。ボクらだって今後は三人でもっとコンビネーションを深めていかないといけないわけだし、今度は完全に一つ屋根の下で過ごすっていうのはいい案だと思う」

コンビネーション？

俺はその言葉に疑問を覚え、思わず口に出していた。

「……決まったの」

「え？」

「私たちの、武道館ライブ」

「ッ!?」

玲の潤んだ目は、それがまさしく現実であるということを表していた。

武道館ライブ。つまりは、玲の夢。

ミルフィーユスターズの〝レイ〟が掲げる、アイドル活動における大目標だ。

「決まったんだな……ついに」

俺の言葉を受けて、玲は頷《うなず》く。

そしてカノンとミアも、どこか得意げな様子で彼女の隣に並んだ。

「武道館ライブが、今の私たちの集大成。これまでのライブとは比べ物にならない規模になると思う」

「ライブ時間も最長になるだろうし、演目も最多になる予定だね」

「パフォーマンスだって武道館用に一新するつもりよ。だからあたしたちはこれまで以上にお互いを知って、お互いを信頼し合わないといけないの」

そうか、そうなのか。

興奮が足元から脳天に駆け抜ける。

人の夢が叶《かな》う瞬間に立ち会えるというのは、こんなにも感動するものなのか。

ああ、いや。まだ完全に叶ったわけじゃない。

ライブの開催が決まっただけ。当事者でもない俺がはしゃいでいる場合じゃないだろう。

「よかったな……玲」

「うん。……だから、凛太郎《りんたろう》」

「ん？」

「改めて、私たちからお願いがある」

先ほどまでの険悪な雰囲気はどこへやら。

三人は強い結束力を持って、俺の前に立っていた。

これこそ、俺の知っているミルフィーユスターズの形――――。

「武道館ライブが終わるまで、私たちと一つ屋根の下で暮らしてほしい」

「……どうしてそうなる？」

結束した三人から飛び出してくる願いがそれ？

俺の頭はその要求のインパクトに耐え切れず、混乱し始める。

「もう、さっきも言ったでしょ？　これから先はあたしたちの信頼関係をもっともっと強くしていかないといけないの」

「そうそう。そんな大事な時なのに、君を巡って争っている場合じゃないだろう？　だからせめて武道館が終わるまで、君のことをシェアさせてほしいのさ」

あー、なるほどね。俺のシェアかぁ。

うーん、冷静に考えても意味が分からないな。

「凛太郎……お願い」

「うっ……」

ただ、こんなにも懇願されると俺だって無碍《むげ》にはできなくなる。

まあ元々こいつらの頼みを一方的に突っぱねるような真似《まね》はしないが、さすがに三人と一つ屋根の下で暮らせと頼まれたとしたら、俺の中にも炎上リスクの問題で断るという選択肢が浮上する。

しかし武道館が終わるまでという期限付きであり、尚且《なおか》つこうしなければ絆《きずな》が揺らぐと言われてしまえば、もはや断るという選択肢へ続く道は閉ざされたも同然だった。

「……分かった。変に抵抗したところでお前らが一度望んだことを取り下げるようなことはしないだろうしな。その話呑むよ」

「「「っ！」」」

「ただ、リスク管理の面で俺が出すルールには従ってもらうぞ」

それから俺は、いくつかのルールを提示した。


ひとつ、外での接し方はこれまで通りを心掛けること。

ふたつ、俺と三人の帰宅時間は極力ずらすこと。

みっつ、今まで以上に変装して外の視線に気を付けること。


並べてみて思ったのだが、ほとんどは天宮司《てんぐうじ》の監視対策の時と同じような内容だな。

「これが守れるんだったら、ひとまず期間限定でお前らの世話役は引き受ける」

「守る」

「守るよ」

「任せなさいって」

返事は軽いが、三人とも目は真剣だ。

俺に対して緩いだけで、本来こいつらは強いプロ意識の塊。

こんなこと言われずとも、自分たちの不利益になるようなことはしないでいてくれるだろう。

そう考えると、ある程度リスクを取ってまで俺を手元に置いておこうとしてくれているのか。

んー、照れるな。

「で、場所どうする？　本当にこの家を使わせてもらうのはさすがに図々《ずうずう》しいよね」

「お前らがいいなら、聞くだけ聞いてみるか？　どうせ親父《おやじ》が帰ってくる機会なんて大してないだろうし」

「うーん……それはありがたいけど、凛太郎のお父さんに対してのボクの心証が悪くなったら嫌だなぁ」

「何を心配してるんだ、おのれは」

とりあえず、これからの話はここまで。

俺たちは当初の目的通り、食事に集中することにした。

天宮司の件のお礼だったつもりが、いつの間にかミルスタの武道館決定祝いの会になってしまったわけだが――――まあ、別にいいよな。

今日のところは、これからの俺たちに乾杯ということにしておこう。

◇◆◇

「――――つーわけで、しばらく家を使わせてほしいんだけど」

リビングの方でボードゲームに花を咲かせているミルスタの三人と雪緒を置いて、俺は一人電話をかけていた。

電話の相手は、もちろん実の父親である。

『……家を使うこと自体は構わない。私もほとんど帰っていないし、むしろ人が住んでいてくれた方が助かるからな。その一緒に住むという芸能人の人数は？』

「三人だ」

『ならば書斎はそのままでも部屋数は足りるな』

「ああ。使ってない部屋をあいつらの部屋にさせてもらおうと思ってる」

『そこまで納得しているのであれば、後は好きに使ってくれ』

「助かるよ」

これで家のことはなんとかなったか。

ていうかこの状況はなんだ？

俺と親父ってつい最近まですごい仲悪かったのに、関係が改善された途端こんなにも連絡を取り合うものなのか？

――――まあいいや。

俺は使えるものはなんでも使う主義。

断られたのであればともかく、許可してもらえたのなら遠慮する必要もない。

『それにしても、お前が芸能人と暮らすことになるなんてな……どういう経緯で知り合った？』

「まあ、三人いるうちの一人とはクラスメイトだからな。出会いはそこだよ」

『乙咲《おとさき》さんのところの娘だったか。不思議な縁もあるものだな』

まったくだ。

昔会った女の子と再会して、振り回されたり振り回したり。

一体どこの漫画の中の話なんだろうか。

『今更父親面して言えるような立場でもないし、お前自身理解していると思うが、自分たちで選んだ道だからこそ気を付けて進め。何かあった時、道を閉ざされるのはお前ではなく――――』

「ああ、分かってる」

『……そうか、それならいい』

そんな会話を最後に、どちらからともなく電話を切った。

俺の人生だけなら、どうとでもなる。

しかしあいつらの立場は別だ。

俺はこれからも、ミルフィーユスターズの夢を守り続ける。

「……凛太郎？」

「ん？」

突然名前を呼ばれて顔を上げれば、こちらを窺《うかが》うような顔をしている玲《れい》と目が合った。

「電話終わった？」

「ああ、今終わったよ。この家なら自由に使ってくれて構わないってさ」

「それは朗報。本当にありがたい」

「てか、お前はなんで俺のところに？　ボードゲームはどうしたよ」

「早めに負けちゃったから、凛太郎の様子見に来た。三人はちょうど今盛り上がってる」

リビングの方に耳を傾ければ、確かにうめき声やら歓喜の声が聞こえてくる。

確かにめちゃくちゃ盛り上がってるな。

「……」

「？　どうしたの？」

「あ、いや、なんでもねぇよ」

「……？」

危ねぇ、思わず顔をジッと見ちまった。

こいつのことが好きなんだと自覚してから、妙に意識してしまう。

当然っちゃ当然なんだろうけど、自分の中にそんな甘酸っぱい感情があるんだと思うと途端に小っ恥ずかしくなった。

「そ、それにしても、本当によかったな」

「え？」

「武道館ライブの話だよ。お前の夢だったろ？」

「……うん、ついにここまで来れた」

玲は目を閉じ、しみじみとした雰囲気でそう言った。

「まだ、実感はあまりない。気持ちがふわふわして、なんだか浮いてるみたい」

「そうか……面白い感覚だな」

俺はまだ夢が叶うという感覚を知らない。

この世に生きるほとんどの人間は、幼い頃に抱いた夢を叶えられずに死んでいく。

ヒーローやらお姫様やら、現実を知っていくうちに人は夢を見なくなる。

だから俺は、抱き続けた夢を叶えようとしている玲を尊敬しているんだ。

自分にはない何かを持っている人間に、俺は惹《ひ》かれてしまうらしい。

ただ――――俺には一つだけ気になっていることがあった。

「なあ、玲」

「なに？」

「武道館ライブが終わったら……その後はどうするんだ？」

アイドルという夢を叶《かな》え、武道館ライブという夢を叶え、その先にあるものとはなんだろう。

実のところ、今日までずっと気になっていたことだった。

夢の果て。そこまで行きついてしまった人間は、一体次に何を見る？

また新しい夢を見つける？　それとも――――。

「……正直、まだ何も決めてない。ミアは女優を目指していたり、カノンはブランドを作ったりプロデュース業とかしたいって言ってたけど、私にはそういう目標もないから」

玲はどこか寂しそうな顔をしている。

夢が叶うということは、夢が終わるということ。

何を贅沢《ぜいたく》なと思われるかもしれないが、字面だけで見ればその言葉は事実だ。

夢に向かって走っている時こそ人は輝くと俺は思う。

すぐに次の夢を見つけて走り続けられる人間は、きっといつまでも輝き続けることだろう。

しかし、その輝きを火に例えた時、文字通り燃え尽きてしまった人間はどうなってしまうのか。

「凛太郎《りんたろう》は……私がアイドルじゃなくなっても、一緒にいてくれる？」

それは一体、どんな意図が込められた質問だろうか。

玲にとって、自分がアイドルであるということはこの上ない価値。

その価値を手放した後のことを聞いてくるというのは、こいつの中には大きな迷いがあるのだろう。

たとえば、武道館ライブが終わった後、ミルフィーユスターズを引退しようと考えているとか……？

それならば、俺は――――。

「レイー！　早く戻ってきなさい！　次のゲーム始めるわよー！」

「「っ！」」

突然リビングの方からカノンの声がして、俺たちの肩が跳ねる。

どうやら今やっていたボードゲームが終わったらしい。

あまりにも間が悪いというか、むしろ助かったというか。

もしかすると俺は、雰囲気に流されてとんでもないことを口走っていた可能性がある。

「……戻ろうぜ。結局夢を叶えた後のことなんて、実際に夢を叶え切った瞬間にしか分からねぇんだからさ。まだまだ時間はあるんだろ？」

「うん……」

「武道館ライブの前に、まだハロウィンライブだって残ってるわけだし。俺にできることならなんでも手伝うからよ。とりあえず、目先のことから一つずつだ」

「……分かった」

そんな会話を最後に、俺たちはリビングへと戻ることにした。

未来のことなど分からない。

ただ一つ言えることは、取り返しのつかない大きな何かが変化しようとしていること。

その時、俺たちの関係は一体どうなっているのだろうか。

すべては神のみぞ知る。

俺は出口のない思考の迷宮を、ひとまず後回しにすることにした。

そこはとあるＢＡＲ。

薄暗い雰囲気に包まれたその店には、初老のバーテンダーと、一人のスーツ姿の男がいた。

男の顔はだいぶ赤くなっており、長い時間強めの酒を飲んでいたことが窺える。

彼は目の前にあるウイスキーの入ったグラスを呷《あお》り、苦しそうに呻《うめ》いた。

「――――荒れているな」

「っ！」

そんな彼に声をかける別の男が一人。

新たに店に入ってきたその男、志藤《しどう》雄太郎《ゆうたろう》は、酔いつぶれそうになっている男、天宮司《てんぐうじ》秀介《しゅうすけ》の隣に座った。

「ウイスキー、ロックで頼む」

「かしこまりました」

注文を済ませた雄太郎は、着ていたジャケットを椅子の背もたれにかけた。

そんな彼を、秀介は呪うような視線で睨《にら》みつける。

「貴様、よくも私の前に顔を出せたな……我が社を買収しようとしている貴様が！」

「別にいいじゃないか。大学時代のよしみだろう」

「そんな古い話を今更……！」

激昂《げきこう》しかけたところで、秀介はむせてしまって強く咳《せ》き込《こ》んだ。

それによって体力を大きく持っていかれたのか、彼は喚《わめ》くのをやめてただただ雄太郎を睨みつける。

「経営、上手《うま》くいっていなかったようだな。買収するに当たりよく調べさせてもらったよ」

ウイスキーで口を湿らせつつ、雄太郎は秀介にそんな言葉をかける。

天宮司グループの経営状況は、水面下で徐々に危険水域に達しようとしていた。

その事実に気づいている者は極めて少ない。

それだけ内部の優秀な人材たちが懸命に動いていたということだ。

「やかましい……設立からこれまで成功続きの貴様に何が分かる」

「天宮司グループはお前が父親から継がされた会社だったな」

「……天宮司グループを日本一の会社に。それが父の遺言だった。その時すでに崩れかけていた経営から目を逸《そ》らして、奴《やつ》は私にすべて押し付けたってわけだ」

秀介は顔を伏せ、喉を鳴らすように笑う。

「まだ天宮司グループが存続しているのは、生前の父と共に闘《たたか》っていた連中が命を削って働いているからだ。もはや私など必要ない」

「……だから、娘を使って存在意義を示そうとしたのか？」

「っ！」

核心を衝《つ》くような雄太郎の言葉を受けて、秀介は目を見開く。

「お前はずっと自分の運命を呪っていたな。父親から押し付けられる巨大なプレッシャーから逃れようと、ずっと苦しんでいた」

「っ……それがなんだ」

「分からないのか？　お前は自分がされてきたことを、実の娘にそのまま押し付けようとしていたんだぞ」

「――――っ」

秀介が息を呑《の》む。

頭に過《よ》ぎるのは、自分が娘である天宮司柚香《ゆずか》に行っていた理不尽な扱いたち。

天宮司の会社のために生きろ。

それは自分が父から言われ続けた、呪いの言葉だった。

「……わ、私は……柚香に対して何をしようとしていたんだ」

顔に手を当て、秀介はわなわなと震える。

彼はようやく自分の行いを認識し、恐怖を覚えた。

冷や汗を垂れ流すその姿を見て、雄太郎は小さく息を吐く。

「実のところ、天宮司グループの買収は私の意思ではない」

「な、なんだと!?」

「私の息子の意思だ。好きでもない人間と結婚させられそうになっていたお前の娘を救うために、私の息子――凛太郎は、天宮司グループの買収を私に頼み込んできた」

数ヵ月前、わざわざ多くの資料をかき集めて交渉に臨んできた凛太郎の姿を思い出し、雄太郎は思わず噴き出すように笑う。

「今日ここに来た理由は、お前に対して交渉を持ちかけるためだ」

「交渉だと……?」

「もしもお前が娘の扱いを改め、自由を尊重すると誓うなら、買収の話はなかったことにしてもいい。ついでに元々お前の娘が望んでいた企業提携の話を呑もうじゃないか」

「……」

「天宮司グループの経営を回復する手段はすでにある。私たちが協力し合えば、さらなる発展すらも可能だろう」

雄太郎は、どこまでも真剣な目で秀介を見ていた。

その目を見て、秀介はこの話が決して冗談ではないと理解する。

「さあ、どうする？」

「……相変わらず、貴様はいけ好かない男だな」

秀介はまるで憑《つ》き物《もの》が落ちたような顔を浮かべ、酒ではなく水を喉へと流し込む。

「――――分かった、その話を呑もう。父から受けていた理不尽を、そのまま娘に押し付けようとしていたなんてことが分かった今、何かを大きく変えなければならないことは明白だ」

「賢明な判断だ」

「屈辱だがな……貴様を頼らねばならぬとは」

悪態をつく秀介の隣で、雄太郎は笑みを浮かべる。

その姿を見た秀介は、訝《いぶか》しげな視線を雄太郎へと向けた。

「？　私の顔に何かついているか？」

「……いや、貴様はそんな風に表情が出やすい人間だったかと思ってな」

「ああ、確かに。それに関しては私自身も驚いている」

再びウイスキーに口をつけた雄太郎は、グラスに入った大きな丸い氷を眺めた。

まるでそこに自分の思い出を見ているかのように、彼の目は氷のさらに奥へと向けられている。

「息子が私を父にしてくれた。仕事をこなすだけの機械だった私を、血の通った人間にしてくれたんだ。だから、今なら自分の持つ縁を大事にするという感覚を理解できる」

ウイスキーのグラスを揺らし、雄太郎はそれを秀介のグラスにカチンと当てた。

「お前と私の間にも、縁はある。自分の子供を苦しめた者同士、互いを戒め合って生きていくべきだと思わないか?」

「子供を苦しめた……戒めか」

秀介は自分のウイスキーグラスを眺め、やがてそれを手に取ったかと思えば、雄太郎のグラスに対して当て返した。

「……分かった。私も、自分を戒めて生きていく」

そんな言葉を吐いた後、秀介はカウンターに自分のお代を置いた。

そしてジャケットを羽織り、席を立つ。

「提携に関する詳しい話は、素面《しらふ》の時に聞かせてもらう」

「なんだ、せっかくだから昔話でもしていけばいいだろうに」

「貴様と仲良く飲むなんて死んでもごめんだ」

「そうか、残念だ」

軽い口調で相槌《あいづち》を打ってきた雄太郎を強く睨んだ秀介は、吐き捨てるように舌打ちをこぼした。

「チッ……どうせ貴様の息子も、貴様に似て性格が悪いんだろうな」

秀介はＢＡＲを出て、空を眺める。

タクシーで帰ろうか、それとも迎えを呼ぼうか。

夜風に当たりながら近場の駅まで歩くのもありだろう。

なんにせよ家に帰ったその時は、まず娘に謝罪しなければならない。

秀介は自分にそう言い聞かせ、歩き出すために足を踏み出した。

「────お父様」

そんな彼に声をかける少女の声。

とっさに秀介が視線を向けた先にいたのは、自分の娘、天宮司柚香だった。

彼女はおずおずとした様子で、秀介の下へ近づいてくる。

「志藤雄太郎様から連絡を受け、お迎えをと思ったのですが……」

「……あの男、変な気を回したな」

いまだＢＡＲにいるであろう男の顔を思い浮かべ、秀介は眉間にしわを寄せる。

「その……志藤様とは何をお話しされていたんですか？」

「……企業提携の話をしてきた。今後、我ら天宮司グループは、志藤グループと協力して事業発展を目指していく」

「っ！」

「奴の息子が、お前を救うために志藤雄太郎に頼み込んだらしい。……まったく、おかげで目を覚まされたよ」

秀介は呆然とした表情を浮かべている柚香の頭を優しく撫《な》でる。

その顔には、溢《あふ》れんばかりの後悔と、そして娘に対する罪悪感の色が浮かんでいた。

「今まで、本当にすまなかった。お前の人生は会社のためにあるわけではない……ましてや私のためにあるわけでもない。これからは、お前が望むように生きてくれ」

「お、お父様……っ」

柚香の目に涙が浮かぶ。

抑圧された環境からの解放。

これまで押しとどめていた感情の本流が、涙となって流れ出していた。

「まったく……私は今まで何をしていたんだろうな。まさか志藤雄太郎の息子に気づかされるとは思っていなかったよ。確か……凛太郎というんだったか」

「ええ……ふふっ、私たちの恩人ですね」

凛太郎の名を聞いた柚香は、自分の涙を拭って笑みを浮かべる。

「お前とは知り合いなんだろう？　志藤凛太郎とはどういう人間なんだ？」

父からそう問いかけられた柚香は、しばし考える。

彼を表す言葉。考えてみれば、彼女にとってそれは一択しかなかった。

「誠実だけどちょっと意地悪で、たまに自分の感情に振り回されるところが愛らしい――私のヒーローです」

「……そうか。ならば、いつかお礼を言わねばな」

柚香とその父は、車に乗って夜道を進む。

自分たちが暮らす家に帰るために。

今後、志藤《しどう》グループと天宮司《てんぐうじ》グループが大きな発展を遂げていくのは、また別の話。

「……」


俺は手元のスマホを見下ろしながら、冷や汗を流していた。

理由は彼女たちから届いたそれぞれのメッセージ。

『十五日よろしく頼むわよ！』

『十六日は楽しみにしてるね』

『十七日、楽しみ』

それぞれカノン、ミア、玲《れい》から届いたメッセージは、すべて遊びの約束だ。

十五日から十七日は三連休。

どうせ暇を持て余す予定だったし、こうして誘ってもらえるのは大変ありがたいことなのだが、三日連続となると正直体が持つか心配だ。

しかし今から断るにはあまりに急すぎるし、これからは三人のサポーターとして関わっていくと決まった以上、全員の誘いに乗るか、それとも全部断るかの二択しかない。

（貴重な休みだが……仕方ねぇ）

逆に考えれば、あいつらは俺と過ごすためにさらに貴重な休日を使おうとしているわけで。

俺のような人間にとっては、まさに贅沢《ぜいたく》の極みといえる状況だ。

やってやろうじゃないか、デート三連戦くらい。


「ほら、行くわよりんたろー」

「はいはい……」

三連休の初日を共に過ごすのは、カノンだった。

俺は彼女に連れられる形で、大型のアウトレットへと足を踏み入れる。

あらゆるブランドが立ち並ぶこの場所に来た目的は、服選びらしい。

そろそろ冬が本格的に近づいてきているということで、冬物を見ておきたいんだそうだ。

「何よ。このカノン様と一緒に休日を過ごせるなんて幸せなことよ？　もっと嬉《うれ》しそうにしなさいよ」

「お前なぁ……こう見えてスキャンダルとか気にしてんだぞ、こっちは。結構神経使ってんだって」

「ふん、大丈夫よ。あたしの変装は完璧だもの」

カノンは俺の目の前でくるっと一回転してみせる。

確かにその外見は普段の姿とはかけ離れているが、長い赤髪を隠すためにかぶっている帽子が取れれば、すぐにでも人目を惹《ひ》き付ける羽目になるだろう。

「ほら！　さっそくあっちの店から回るわよ！　今日は満足するまで付き合ってもらうんだから！」

「分かってるっつーの」

連れられるがままに、俺は近くの高級ブランド店へと入る。

服や鞄《かばん》、アクセサリーなどがおしゃれに飾られている店内は、俺からすればまるで別世界のようだ。

あまりにも空気が違うため、俺のような人間はここにいてはいけないような気さえしてくる。

しかしカノンは手慣れた様子で店内を堂々と歩き、近くの商品から物色を始めていた。

「ちょっと、入口で何してるの？　あたしに着いてきなさいよ」

「そうは言ってもな……俺みたいな奴《やつ》からしたら場違い感が半端なくて……」

「何寝ぼけたこと言ってんのよ。一応あんたも御曹司じゃない」

まあ、それは確かに。

「買うのはあたしなんだから、あんたはただ冷やかすみたいについてくればいいのよ。あ、欲しい物があったら買ってあげてもいいけど？」

「冗談抜かすな。女に奢《おご》ってもらうなんてごめんだぞ」

「レイと三十万で契約していた男はどこのどいつよ」

「さっきから痛いところばっかり突きやがって……」

全部本当の話だから、言い返すことすらできない。

女には口喧嘩《くちげんか》で勝てないのは本当のことのようだ。

「んー……まあ最初は服よね」

ぐぬぬとなっている俺を無視して、カノンは近くにかけてあった女性物の服を手に取る。

その服は少々パンクというか、黒革が使われているショートパンツに、お洒落《しやれ》な傷がついているシャツだった。

それを自分の体に当て、カノンは俺の方に体を向ける。

「どう？　こういうのも似合うでしょ？」

「ああ、似合ってるよ」

「ふふん、やっぱりあんたに褒められると気分がいいわね」

そんな風に言いながら、カノンはその服を腕に抱え込む。

どうやら購入するつもりらしい。

カノンが持っている物とは違うサイズの物で値段を確認してみると、そこには目玉が飛び出しそうになるほどの値段が書いてあった。

　これをさも当たり前のように購入できるのだから、トップアイドルというのは恐ろしい。

「この服に合わせるなら、やっぱりチョーカーは外せないわよね。せっかくならハートマークがついてる物とかないかしら……」

　カノンは楽しげに店内を物色している。

　そしていくつかまた新たに服を見繕うと、それを持って俺の服の袖を引っ張った。

「りんたろー、今からこれ試着してくるから、あんたはちょっと待ってて」

「あー、はいはい」

「ちゃんと感想言ってよね。そのために連れてきたんだから」

　そう言いながら、カノンはいくつかの服を持って試着室へと入っていく。

　その近くで待つこと数分。

　試着室のカーテンが開き、新たな服に身を包んだカノンが姿を現す。

「こんな感じなんだけど、結構いいと思わない？」

「おお……」

　先ほどのパンクな格好の上に、オーバーサイズの上着を身にまとっている。

　上半身のシルエットは大きく、そして下半身のシルエットは細く。

　そうしたメリハリが、まさしくおしゃれという言葉を体現していた。

「あんまりお洒落のことはよく分からねぇけど、服のおかげで赤い髪が映えてるって感じがするな」

「いいところに目を付けるじゃない。じゃあこれをこうすると……」

カノンは自分のツインテールを解き、今度は頭の後ろで一つに結ぶ。

ポニーテールとなった彼女の雰囲気は服装も相まってかなり大人っぽくなり、普段とは違うギャップを生み出した。

「どう？　少しはドキッとした？」

「あー、まあな」

「な、何よ。素直になっちゃって」

「別に嘘《うそ》つく意味もねぇだろ」

「あんたに照れとかそういう概念はないわけ？」

「照れたらお前に負けた気分になるからな」

「可愛《かわい》くない男！」

可愛くなくて結構。

俺は可愛さを売りにはしていない。

「でもまあ、似合ってるってことでいいのね？」

「ああ、抜群だと思う」

「ふーん……じゃあその意見、参考にさせてもらうわね」

再び試着室のカーテンを閉じたカノンは、元の格好に着替えてから戻ってきた。

そしてそのまま会計を済ませ、俺と共に店を出る。

ちなみにカノンの会計中に改めて値段を確認したのだが、思わず目を逸《そ》らしたくなるような数字が書いてあった。

ただの布じゃないんだな、服って。

「よし、じゃあ次の店に行くわよ」

「はいよ。――――っと、それこっちに寄越《よこ》せよ」

「え？」

カノンが持っている、購入したばかりの服が入った袋。

特に上着は材質的にだいぶかさばるし、重さもあるだろう。

俺はそれらをカノンの手から奪った。

「こういう時は荷物持ちの出番だからな。ほら、さっさと次行ってくれ」

「……そういうところよね、あんた」

「ん？」

「別に！　持ってくれてありがと！　助かるわ！」

「お、おう……」

俺にお礼を言ったカノンは、そのままずんずんと進んで行ってしまう。

まさか照れたのか？　だとしたらこの勝負、俺の勝ちと言っていいだろう。

――――あれ、俺は一体何と闘《たたか》っているんだ？


結局それから三時間ほど、俺はカノンの買い物に付き合った。

変わらず服を見たり、鞄を見たり。

女子というものは何故《なぜ》こうも買い物が好きなのだろう。

別に苦というほどでもないけれど、ぶっちゃけ疲れた。

「ほい、お疲れ様」

「お……さんきゅ」

ベンチに座って休んでいた俺に、カノンからホットコーヒーが手渡される。

温かいブラックコーヒーに口をつけ、ホッと一息。

「……」

「……なんだよ」

隣に座ったカノンは、何故か俺の顔を覗《のぞ》き込んでいた。

「疲れた？」

「ん？　まあ、な。でも文句は言わねぇよ。分かっててお前の誘いに乗ったわけだし」

「ふーん……男らしいじゃない」

「お前らのためなら労力を惜しまないって決めたからな」

こいつらが武道館ライブを成功させるその時まで、俺は自分の人生を捧《ささ》げると決めた。親父《おやじ》とのわだかまりが消えた今、俺を縛るものはもう何もないから。

「これからも遠慮なく頼ってくれよ。俺なんかの手でよければだけど」

「……ふふっ、男の手を借りたいって時にあんた以外の顔が思いつくわけないじゃないの」

「へぇ、そいつは光栄だな」

「そうよ？　この大人気アイドルであるカノン様に頼られているんだから、これからもそれを誇りに思って生きていきなさい」

「へいへい」

失った体力は中々戻らないけれど、カノンと過ごしたこの時間は間違いなくかけがえのないものだった。

◇◆◇

「やあ、よく来てくれたね、凛太郎《りんたろう》君」

「……」

カノンとのなんちゃって買い物デートの翌日。

俺はミアによって近場の公園に呼び出されていた。

先に来ていたミアは変装のためにニット帽をかぶっており、格好からはなんとなくラフな印象を受ける。

まるでこれから運動でもしようかといった装いだ。

そしてその手には、何故か新品のバスケットボールが……。

「……一応最初に聞いておきたいんだが、何故バスケットボールを持っているんだ？」

「ふふふ、よくぞ聞いてくれたね。これは次の仕事のために必要な道具なのさ」

「次の仕事？」

「ボク個人の仕事なんだけど、実は新しいドラマに出演が決まってね。バスケットボールに熱を入れた青春系の作品なんだけど、実はボク、恥ずかしながらバスケをしたことがないんだ」

「ほう、それで？」

「だから練習相手として付き合ってほしい」

「絶対俺よりも適任がいたよな……それ」

俺だって別にバスケは学校の授業でやったくらいで、習っていたとかでもないし。

「大丈夫だよ。結局ドラマの中ではそれっぽく見せるだけだし、ボクとしてはそこにいてくれるだけでイメージが湧くからね」

「ふーん……そういうものか」

「というわけで、動画でそれっぽい動きを学びながら練習しようと思う」

俺とミアは近くにあったベンチに腰掛け、スマホでバスケのテクニックを学ぶことにした。

しかし……二人で一つのスマホを覗き込むというのは、中々距離が近くて危険だな。

ミアが身じろぎするたびふわっとシャンプーの香りがして、こちらを妙に煽《あお》ってくる。

「ん？　どうしたの？」

「……なんでもねぇよ」

「そう？　じゃあとりあえず通しでやってみようかな」

「え？　この動画の動きをか？」

「うん。もう大体形は覚えたからね」

ベンチから離れたミアは、俺の目の前で華麗なボール回しを見せ始めた。

なんというか、めちゃくちゃ様になっている。

「もちろん実戦なんかじゃ到底使えないだろうけど、見栄えだけなら結構悪くないんじゃないかな？」

「ああ……すげぇな。一回見ただけで覚えられるのか？」

「表面上はね。ダンスの一種と思えば、動きを真似《まね》することはできるよ」

なるほど、確かにミアの動きはバスケというより、バスケをモチーフにしたダンスのように見える。

解釈次第でこうも捉え方が変わるのか。

人の脳の造りって面白いな。

「凛太郎君、ちょっと目の前に立ってもらえる？」

「ああ、ディフェンス役か？」

「うん。ドリブルで抜く動きをやってみたいんだ」

言われた通りに、ミアの目の前に立つ。

さっきの動画では、ディフェンス役の人は両手を広げて腰を落としていた。

まずは基本に忠実に。俺は腰を落とし、ミアを迎え撃つべく構える。

「よし、行くよ」

ミアがボールをつきながら迫ってくる。

確かバスケって体に直接触れちゃいけないんだっけ？

ミアもドラマの中ではそれっぽく見せるだけって言ってたし、とりあえず進行を妨げるだけの動きでやってみよう。

「ふふっ、いいディフェンスだね、凜太郎君」

「初心者が何を知ったような口を――――ッ!?」

ミアの姿勢が、突然ぐんと低くなる。

そして俺が呆気《あっけ》に取られているうちに、ミアは瞬く間に俺の腕の下を潜《くぐ》り抜けて行った。

「ほっ!」

そしてミアは、俺の後ろにあったバスケットゴールに向けてボールを放ち、華麗にシュートを決める。

「……おい」

「何かな、凜太郎君」

「お前、バスケ経験者だろ」

「……バレたか」

「動きが違い過ぎるだろ! 何がダンスの一種だ! どう考えても動きが本格的過ぎるだろ!」

俺の指摘を受け、ミアは悪戯《いたずら》っぽく笑う。

「ふふっ、実はボク、中学生までは地域のバスケットボールチームに入っててね。これでもちょっと自信あるんだ」

「なんだよ……じゃあドッキリだったってことか？」

「まあそういうことになるかな？　君の驚いた顔が見たくてね。中々に満足させてもらったよ」

　くそう、コケにしやがって。

　しかし俺も一人の男。負けっぱなしはプライドが許さない。

「……来いよ。絶対一本は止めてやる」

「ふーん？　面白いね、やってみてよ」

　ミアはニヤリと笑い、再び俺の前に立つ。

　疲れるとか疲れないとか、もう知ったことか。

　絶対に仕留めて――――。


「はぁ……はぁ……」

「ふふふ、もうおしまいかな？」

「ち、ちくしょう……」

　あれから二十本ほど挑戦しただろうか？

　それだけの回数を重ねたくせに、俺はまだ一度たりともミアを止めることができずにいた。

　なんだよ、あの強弱のある動き。

　まったくもってボールに触れられる気がしない。

　そして過酷なレッスンによって培われた馬鹿みたいに多い体力のせいで、ミアの動きが衰える様子はないし。

　こんな相手、素人の俺がどうやって止めろと言うのだ。

「……こういうのはどうだろう、凛太郎君」

「あ？」

「次の一本で君がボクを止めたら、なんでも一つ言うことを聞いてあげるよ」

「なんでも一つ……？」

「そう、なんでもだよ」

　ミアはまるで何かをアピールするかのように、自分の体を指でなぞった。

「日本が誇るトップアイドルがなんでも好きなことをしてくれるんだよ？　そんなの、やる気が出るってものじゃないかな」

「……やってやろうじゃねぇか」

「ふふっ、そうこなくっちゃ」

　ミアは嬉《うれ》しそうに微笑《ほほえ》み、再び俺の前に立つ。

ここまで挑発された上で引き下がるなんて、男が廃るってものだ。

俺は今度こそ止めるため、今までよりも神経を尖《とが》らせる。

――――いや、待てよ？　いいこと思いついちゃったな。

「行くよ……！」

ミアが迫ってくる。

相変わらずなんとキレのある動きだろう。

そんな彼女に対し、俺は――――クソ卑怯《ひきょう》な手段を取ることにした。

「俺を抜いたら一週間飯抜き！」

「ええ!?」

動揺のあまり、ミアの足がもつれる。

その隙を衝いて、俺は彼女の手からボールを奪った。

唖然《あぜん》としているミアに対し、俺は奪ったボールを見せつける。

「どうだ、奪ってやったぞ」

「か、かっこ悪い……」

なんとでも言いやがれ。

こんなもん勝ったもん勝ちだ。

「……まあ、仕方ないね。ご飯抜きの方が辛《つら》いし」

「じゃあ俺の勝ちでいいな」

「うん、バスケで負けたって気はしないけど、負けは負けだからね」

ミアはやれやれと言った様子で肩を竦《すく》める。

「じゃあ、願いを言ってごらん？　君のお願いなら、なんでも叶《かな》えてあげるよ」

「……覚悟はできてるってことでいいんだな」

「え？　そ、そんな重い要求をするつもりなの……？」

ミアの表情に緊張が走る。

俺をその気にさせておいて、今更怖気《おじけ》づいたとは言わせない。

最後の闘《たたか》いが始まった時から、俺はもう要求を決めていた。

「……この先三日間、俺の実験料理に付き合ってもらう」

「――――え？」

「ドッキリだったとは言え、お前の演技練習に付き合ってやったんだ。今度は俺の料理練習に付き合ってもらおうか」

「そ、そんなことでいいのかい？　てっきりボクは体でも要求されるのかと……」

「するかそんなこと！　だがな、ただの試食と侮るなよ。できた料理がどれだけ不味《まず》かろうが、一口は食べてもらうんだからな」

新しい料理に挑戦する時、当然ながら俺だって失敗してしまうことがある。

そういう時のいわゆる実験的な料理を人に食べさせるのはだいぶ抵抗があるのだが、こういった罰ゲームが関わっていれば気持ちもいくらか楽だ。

「……君がそれを望むのであれば、ボクはそれを受け入れるよ。……ボクからしたらむしろご褒美だしね」

「そんな風に言えるのも今のうちかもしれねぇぞ？」

「ふふっ、上等だよ。君の料理ならどんな物でも美味《おい》しく食べてみせるさ」

そんな風に強気で言われたら、こっちも不味い料理を出すわけにはいかねぇな。

それから俺たちは、日が暮れるまでバスケに勤《いそ》しんだ。

◇◆◇

「う……」

朝の陽《ひ》ざしを受けて、俺は寝室で目を覚ます。

志藤《しどう》家の屋敷で生活するようになってしばらく、ようやくこの部屋で寝ることにも慣れてきた。

「いてで……ちくしょう、筋肉痛か？」

体を起こした際に感じた痛みで、俺は悶《もだ》える。

普段バスケなんてしないから、ずっと中腰で動き回っていた弊害が今になって体に現れていた。

これでも運動不足にならないよう普段から色々と心掛けていたはずなのだが……恐るべしバスケットボール。

「……凛太郎《りんたろう》？」

ちょうどベッドから降りたところで、扉の外から玲《れい》の声がした。

部屋の中に設置された時計を見ると、すでにもう玲と約束した時間がだいぶ迫ってきている。

本当はもう少し早く起きる予定だったのだが、連日の疲れが思ったよりも尾を引いていたようだ。

「今行く」

部屋着のままだが、一旦仕方がない。

部屋の外に出ると、私服姿の玲が俺を出迎えてくれた。

「すまん、時間ギリギリだよな」

「大丈夫。むしろ凛太郎は大丈夫？　寝起きが悪いのは珍しい」

「ああ、問題ねぇよ。それで今日は何をするんだっけ？」

「……特に何も考えてない」

「え？」

そう言えば、玲から今日一日何をするのかって話はそもそも聞いていない気がする。

思い出せないわけではなく、最初から何をするのか決まっていなかったわけだ。

「今日は久しぶりに一日何もない日。だから凛太郎とゆっくり過ごしたかった」

「……なるほどな」

なんて絶妙なタイミング。

二日間の連続外出で少なからず溜《た》まっていた疲労に対し、この申し出はあまりにもありがたい。

もちろん二日とも楽しかったのは間違いないが、体がついてくるかどうかはまた別の話だ。

少なくとも家から出なくていいってだけで、気がだいぶ楽になる。

「そういうことなら、まずはコーヒーでも淹《い》れるか？」

「ん、お願いしたい」

「はいよ」

俺たちは一階にあるリビングに下りる。

どうやらカノンとミアは出かけているようだ。

というか、多分仕事だろう。最近はもう個人での仕事も増えているようだし、全員が同じ日にいないという時は大抵レッスンだったり、CDの収録があったりすることが多い。

キッチンの方でコーヒーを淹れ、再びリビングへ。

大きなソファーに何故《なぜ》か体育座りしている玲の目の前に、俺はカップを置く。

「ありがとう」

「ん……」

自分の分のコーヒーを持って、俺も玲の隣に腰掛ける。

日差しが入ってくるリビングはとても暖かく、自分がリラックスしているという自覚を覚えた。

なんと優雅で安らぐ時間だろう。

親父《おやじ》や天宮司《てんぐうじ》のことでドタバタしていた日常が、すでにもうどこか遠くのことのように感じられる。

「凛太郎、休めてる？」

「え？」

「最近忙しそうだったから」

まさかこいつ、俺のことを考えてこの時間を用意してくれたのか？

今の口ぶりから、どうにもそういう意図を感じる。

やられたな。本来俺が気を配らないといけないはずなのに、こんな風に気を遣われるなんて。

「……ありがとうな。おかげで今日は休めそうだよ」

「そう、ならよかった」

昨日までは楽しい気分転換、そして今日は体を休め、活力を補充する時間。

誰も意図したわけではないだろうが、素晴らしくバランスが取れている。

「凜太郎がカノンやミアからも頼られているのは、素直に嬉しい。でも二人で過ごす時間が少なくなったのは、やっぱり寂しい」

「そんな風に思ってたのか……」

確かにここ最近、玲と二人で過ごす時間は確実に減っていた。

そもそも俺が家にいないという時間があったり、一緒に飯を食う機会すら限られていたのは事実。

そのことに関しては、ただただ申し訳ないと思わざるを得ない。

「これからは、もう少し一緒の時間が増えるかな」

「増えるだろ……てか増やすよ。少なくとも俺は学校以外ではずっと家にいると思うし、お前がこの家に帰ってくる限り、温かい飯を作って出迎えてやるから」

「それはとても楽しみ。これからもっと頑張れそう」

武道館ライブという夢を叶えるためにも、これからはもっと体調には気を遣っていかなければならないはず。

そういった面からも俺を頼ってくれているんだ。

男として、その期待に応えないわけにはいかない。

「早速だが、今日の夜は何が食べたい？　もし希望がないなら、精が付くもんを何か作るよ」

「それなら……とんかつが食べたい。今日はがっつり食べたい気分」

「とんかつか、悪くねぇな」

もうしばらくゆっくりしたら、買い物に行こう。

少しいい豚肉をサクサクの衣で包めば、間違いなく絶品と言えるとんかつが作れる。

（あとはキャベツに……味噌汁《みそしる》は豆腐とネギがいいか……まあそれも玲たちに聞いてみよう）

夕食のことを考えながらリラックスしていると、徐々に眠気が襲ってきた。

さっきまで寝ていたはずなのに、どうやら俺の体は二度寝をご所望らしい。

これから昼飯も作らなければならないのだが、眠気がまともな思考を妨げてくる。

仕方ない、ここは一度立ち上がって近くを散歩してくるしか――――。

「凛太郎」

「え……？」

突然名前を呼ばれたと思えば、玲は俺の体を自分の方へと引き込んだ。

体を支える間もなく倒れ込んでしまった結果、俺の頭は玲の太ももの上に乗ってしまう。

「お、おい……どういう真似《まね》だよ」

「眠そうにしてたから」

「理由になってねぇって……」

「枕になりそうなものが近くにない。だから私が膝枕する」

「……」

玲が俺の顔を覗《のぞ》き込んでくる。

あのミルフィーユスターズのレイに膝枕されているというこの状況。

一体俺は前世でどれだけの善行を積んだのだろう。

なんかこれ毎回言ってる気がするな。

「でもお前……これじゃ足が痺《しび》れるだろ」

「全然大丈夫。心置きなく枕にしてほしい」

「そうは言われても……」

しかしながら、眠気はもう限界。

抵抗虚《むな》しく、俺の瞼《まぶた》は徐々に下がり始めていた。

「凛太郎はいつも私たちのために頑張ってくれている。でも、私たちは凛太郎に中々お返しできない。これで少しでもあなたの疲れが取れるなら、いくらでも私を使ってほしい」

それを言うなら、玲だって毎日毎日レッスンや仕事で疲れが溜まっているはず。

そうやって言い返してやりたいのに、もう口を開く余裕すらない。

ゆっくりと俺の意識は温かい暗闇へと落ちていく。

最後にそっと、玲から頭を撫《な》でられたような気がした。


「ん……」

ふわりと意識が浮上し、俺は目を覚ます。

開いた目の先にあったのは、三つの美少女の顔。

「あ、起きたわね」

「昨日のバスケがだいぶ響いちゃったのかな？　だとしたら悪いことをしたね」

玲と同じく私服姿の二人が、何故か俺の目の前にいる。

「お前ら……今日仕事だったんじゃないのか？」

「仕事先で体調不良の人が出て、今日の予定はリスケされたのよ」

「ボクの方はインタビューだけだったから、午前中だけで終わったんだ」

なるほど、それで二人は早く帰ってきたわけか。

寝転がっていたところから体を起こすと、何が気に入らないのか、カノンが俺の肩をつついた。

「な、なんだよ」

「ちょっと、レイにくっつき過ぎだったんじゃない？」

「うっ」

そこを指摘されると、どうしたって否定できない。

しかしながら、俺と同じく指摘されているはずの玲はきょとんとした顔をしていた。

「ボクらを差し置いてイチャイチャしているなんて……油断も隙もないね」

「別にイチャイチャなんて――――ん？」

その時、俺の声を遮る形で、どこからか腹の音が鳴り響いた。

まあどこからかと言っても、もう場所は大体一ヵ所しかないのだが。

「「「……」」」

「ごめん、お腹空《なかす》いた」

玲は自分の腹を申し訳なさそうに擦《さす》る。

それを見て何か言う気が失《う》せたのか、カノンもミアもやれやれと言った様子で俺の方へ視線を送ってきた。

「……ははは、もう昼過ぎだもんな。すぐに何か作ってやるよ」

「うん、お願い」

玲《れい》が腹を空かせたのは、俺がだらしなく眠っちまったから。

おかげで頭はすっきりしたが、すっきりしたからにはやることをやらなければ。

「お前らも食うか？」

「当然よ！　あんたのご飯を食べるためにお弁当もらってこなかったんだから」

「同じくだよ」

全員ご所望ということか。

いくら昼とは言え、これではついつい張り切ってしまう。

「ちょっと待ってろ。すぐに腹いっぱいにしてやるからな」

そう宣言した俺は、キッチンへと向かうのであった。

あとがき

この度は『一生働きたくない俺が、クラスメイトの大人気アイドルに懐かれたら』の四巻を購入していただき、誠にありがとうございます。

原作者の岸本和葉です。

ついにクラなつシリーズも四巻に突入……！　ということで、少しだけ感慨深い気持ちになっております。

というのも、この作品を書籍化していただくことになった時、ウェブ上には三巻までの原稿しかなかったのです。

正直に話しますと、それまでは本当に好き勝手書いておりました。

しかし四巻ともなると、これまでの話を踏まえた上でどうするか、いつかくる終わりに向けてどう話を広げるべきか、考えることが山ほど増えたのです。

こういった状況は初めてというわけではないのですが、やはり一巻の時とは違うんだなという気持ちを強く実感しました。

何事も楽しいだけでは終わらないということでしょうね……。

楽しいだけでは終わらないと言いますと、凛太郎《りんたろう》の過ごす日々もまさにそのような感じですね。

アイドルとの夢のような日常、しかし楽しいだけでは終わらない。

その生活を守るためにも、乗り越えなければならない障害はたくさんあります。

今回その障害は凛太郎の過去、家族との関係でしたが、この先もきっとたくさんの違う障害にぶち当たっていくことでしょう。

それらを乗り越えてさらに絆《きずな》を深めていく凛太郎たちの関係を、ぜひ読者の皆様には楽しんでいただければと思います。

少し長くなりましたが、今回もイラストを担当してくださったみわべさくら先生、オーバーラップ関係者の皆様、そして応援してくださっている読者の皆様に、最大限の感謝を。

引き続き、次の巻で再会できることを願っております。

作品のご感想、
ファンレターをお待ちしています

あて先

〒141-0031
東京都品川区西五反田 8-1-5 五反田光和ビル4階
オーバーラップ文庫編集部
「岸本和葉」先生係／「みわべさくら」先生係

OVERLAP

一生働きたくない俺が、クラスメイトの
大人気アイドルに懐かれたら 4
美少女アイドルたちとの同棲生活が始まるようです

発　　行　2023年5月25日　初版第一刷発行

著　　者　岸本和葉
発 行 者　永田勝治
発 行 所　株式会社オーバーラップ
〒141-0031　東京都品川区西五反田 8-1-5
校正・DTP　株式会社鷗来堂
印刷・製本　大日本印刷株式会社

Printed in Japan　ISBN 978-4-8240-0497-0 C0193

第11回 オーバーラップ文庫大賞
原稿募集中!
イラスト:じゃいあん
【締め切り】
第1ターン 2023年6月末日
第2ターン 2023年12月末日
各ターンの締め切り後4ヶ月以内に佳作を発表。通期で佳作に選出された作品の中から、「大賞」、「金賞」、「銀賞」を選出します。
その物語は、きっと誰かが好きな物語。
【賞金】
大賞…300万円
(3巻刊行確約+コミカライズ確約)
金賞……100万円
(3巻刊行確約)
銀賞………30万円
(2巻刊行確約)
佳作………10万円
投稿はオンラインで! 結果も評価シートもサイトをチェック!
https://over-lap.co.jp/bunko/award/
〈オーバーラップ文庫大賞オンライン〉
※最新情報および応募詳細については上記サイトをご覧ください。
※紙での応募受付は行っておりません。